コロナ感染殺人事件　◎目次

一話……7
二話……12
三話……18
四話……24
五話……30
六話……36
七話……41
八話……47
九話……52
十話……57
十一話……63
十二話……69
十三話……74
十四話……80
十五話……85

コロナ感染殺人事件

杉山 実
sugiyama minoru

ブックウェイ

あらすじ

一平＆美優シリーズ

二〇二〇年世界は新型コロナの蔓延で経済活動が停止し混乱していた。

美優は、数々の難事件で功績が有り、静岡県警では課長が出入りを許す存在で、事件の資料の閲覧も許される特権を持った刑事の妻だ。

静岡県警では横溝課長が転勤し、後任に静内課長が着任してきた。静内課長は素人の美優に頼る捜査を卒業しようと刑事達に通達した。

そんなコロナ渦の九月、秘境温泉に身元不明の全裸の若い女性の遺体が発見された。

その遺体はコロナに感染していた。

次々と事件関係者がコロナ感染をし、捜査は混迷を深めてしまった。

美優に頼らないと誓った静内捜査一課長も犯人逮捕に焦る。

誤認逮捕になるのか？　美優の独自捜査が始まる！　緊迫の駆け引き！

混乱捜査

作　杉山実

十六話……91
十七話……96
十八話……101
十九話……106
二十話……112
二十一話……117
二十二話……123
二十三話……128
二十四話……134
二十五話……140
二十六話……145
二十七話……151
二十八話……156
二十九話……162
三十話……167

三十一話……173
三十二話……178
三十三話……184
三十四話……189
三十五話……196
三十六話……202
三十七話……207
三十八話……213
三十九話……219
四十話……224
四十一話……230
四十二話……235
四十三話……240
四十四話……246
四十五話……252

一話

二〇二〇年三月新型コロナウィルスが世界国中に蔓延していた。日本でも感染者が増加の一途で静岡県警でも異常事態になっていた。

「パパ！　マスク！　マスク！」美加が一平の後を追い掛けて玄関までマスクを持って走って来た。

「ありがとう！　美加も保育園にマスクを忘れずにね！」

「はい！　パパ行ってらっしゃい！」

美加に見送られて一平は県警に向かった。

横溝捜査一課長が転勤となり後任に静内陽一が捜査一課長に就任した。その矢先コロナの蔓延が始まり署内は静内課長の命令で、毎朝の消毒と検温が始まった。

マスクをしていない刑事は署に入れない徹底ぶりだった。

しかし、品薄になっているマスクは入手が困難になっており、皆困惑していた。

世間が混乱の最中、静岡市内に在る正社員六名程で、パートが二十人の小さな冷凍食品製造会社「ナチュラルフーズ株式会社」は逆に特需に沸いていた。

社長は福田敦子六十二歳、専務は高瀬義男六十五歳。だが、実質は高瀬が社長の権力を持っていた。

高瀬は以前会社を自己破産で潰した経緯が有り、自分が代表では会社を設立出来ないので福田敦子に代表を頼んだのだ。

表向きは共同出資者ではあるが、実は、専務の高瀬と社長の敦子は昔不倫関係にあり、二人の間には娘が二人居た。

だが、従業員たちはその関係を知らない。

高瀬は、市議会議員を二期務めた知名度があり、最初の会社設立時には投資をしてくれた知り合いも沢山いたが、自己破産で潰してからは、以前の知り合いとの関係は殆ど消えていた。

高瀬には会社を経営する才がなかった。しかし、会社経営の夢は捨て切れず再び会社を設立するため資本金の半分を福田敦子に出して貰っていた。

このナチュラルフーズ株式会社は設立して十五年経つが、業績は泣かず飛ばずであった。しかし、近隣の卸売業「門野商事」から出資をしてもらい、そこの便利屋として使われることで、赤字ながらもどうにか存続していた。

門野商事は地域密着型の食品卸問屋だったが、数年前から全国の生協を初めとして量販店に拡売をしている。

最近では取引先の要望を聞く事が多くなり、冷凍食品製造のナチュラルフーズに小口の仕事を依頼して拡売に結び付けようとしている。

製造ロットを少なくして注文を貰い、自社の残っている原料等を消化させる狙いもあった。

門野健太郎はこの拡売で、ナチュラルフーズへの資金投入を少しでも回収出来ると目論んでいた。

会社としての出資は顧問会計士が認められないと言ったので、個人でナチュラルフーズに出資して存続させていたのだ。

ナチュラルフーズは小口で色々な注文を貰う為、数々の設備が必要であったが、設備会社から型落ちの古い器具を安く手に入れ徐々に設備を備えていった。

中古なので設置して直ぐに壊れる機械も多数有ったが、騙し騙し動かしてはなんとか操業を続けていた。

この会社で自慢出来る設備といえば、古いが大きな冷凍庫と最新の冷凍機だけだが、冷凍機は門野商事から借りている物だった。

ぎりぎりで操業しているナチュラルフーズであったが、突然注文が殺到してきた。

緊急事態宣言が出て買い物に出る事が出来ない主婦が宅配ルートでの購入と、保存食として冷凍食品を購入し始めたからだった。


ある日の短い休憩時間の合間。高瀬は「ようやく運が向いてきた様だな！」と敦子に言った。

「そんな事を言ったらバチが当たりますよ！　世の中コロナで大変なのに！」

「俺はコロナが簡単に収束するとは思えない！　今までの損を一気に取り戻す好機だと思う」

「そうだと良いのだけれど」と敦子が言った時食堂の内線が鳴った。

電話を取った高瀬に、事務員は園部食品さんから緊急の電話が入っていますと言って繋いだ。

電話は、注文しているハンバーグの数を倍にして欲しいとの内容だった。

受話器を置いた高瀬は「ハンバーグの注文を倍にして欲しいって、こりゃ大変だ！」と大袈裟に喜んで見せた。

「今夜も残業ね！」と敦子は笑顔で現場に向かった。

高瀬は原料を至急納入して貰える様にメーカーに手配を済ますと、煙草に火をつけ計算機を叩いた。

「おー凄い！」とひとこと言うと美味そうに煙草を吹かした。

元々、高瀬は市議会議員時代から門野商事の存在は知っていた。

門野健太郎の父親の健三郎は地元の名士で、一代で門野商事を成長させた有名な資産家だった。

偶然高瀬の釣り仲間の友人と健太郎社長が知り合いだったのがきっかけで二人は出会った。

仕事内容が比較的近い事もあったが、高瀬は投資してもらうのが目的で健太郎社長に近づいたのだ。

高瀬は門野社長に言葉巧みに出資をさせたが、門野がナチュラルフーズの内情を知った時にはすでに遅く門野は泥沼に足を入れた状態になっていた。

門野は、投資金の回収の為に更に個人資産を投入するしかなく、今では腐れ縁だと笑うしかなかった。

ナチュラルフーズは、数年前から門野商事の取引先の仕事をもらうようになり、多少は業績も回復してきたが、小口で色々な商品を作る為に、各種機械が必要になるので、そのたびに中古だが機械を購入しなければならず全く業績は上がらない。

今回のコロナ特需は両者にとっては、起死回生の出来事だったのだ。

「社長！　マスクと消毒薬！　このままだと来月には不足します！」

　煙草を吸って売り上げに夢見気分になっていた時、福田社長の長女理子が食堂に飛び込んできて言った。

「注文はしたのだろう？」

「しましたが、入荷は未定と言われました！　パートの人も作業に使うマスクは支給して貰わないと！　個人では入手できないと訴えています」

「資材の問屋に全て電話したのか？」

「大野物産には電話をしていませんが、他は全てしました！」

「何故大野物産にはしてないのだ！」

「だって売掛金が残っているので……」長女の理子は躊躇う。

　現在でも支払いが残っている取引先が数社有った。

二話

「売掛を払うからマスクと消毒用のエタノール持って来いと言え！　営業の横山は真理恵に気が有るから融通がきくだろう？」

「お金はどうするの？」

「幾ら残っている？」

「六十万程未払いが有ると思います！」

「じゃあ手形で払え、四月末なら大丈夫だ！　今月の売上げは倍増だからな！　俺は今からハローワークに行って人を手当して来る！　お前もコロナが落ち着いたら結婚するからな！　それにハンバーグ倍の注文だ！」

「本当なの？」笑顔になる理子。

ハンバーグは稼ぎ頭だった。高瀬に言わせれば悪い肉でも味で誤魔化せるから、利益が多いと自負している。

原料仕様書には国産牛肉使用と記載されているが、本当は何処の牛肉か定かでは無い代物だった。

「倉庫の場所開けておけよ！　明日原料が入荷するからな！」と嬉しそうに理子に言った。

久々に冷凍倉庫が製品と原料で満杯になると思う高瀬の顔には活気が溢れた。

煮物、焼き物、練り製品、揚げ物と多種多様の商品を生産出来る様に工場には所狭しに機械が置かれている。

昨日から総出でミニハンバーグの生産を行っている最中に、さらに倍の注文が入ってきた。今夜から連続の残業になる。

敦子はパートの不満そうな顔を見て「世の中は仕事が出来なくて困っている人が大勢いるのよ！　残業出来て幸せだと思ってね！」とパート達に言った。

「でもコロナの影響で今だけでしょう？　直ぐに収まるわ」佐藤が呟くと「オリンピックもするって言っているくらいだから、それまでには終わるよね。総理大臣様の言う事は正しいでしょう?」と年長のパート安田が付け加える様に呟いた。

翌週にはオリンピックの延期が発表されるのだが、この時は決行されるのだと国民は思っていた。

「でもこれだけの人数で倍はきついわ！　社長さん！　今なら人集まるでしょう?」と誰かが社長に言ったが、パートたちは社長に聞こえないように「無理よ！　うちはパートの時給安いので有名らしいから」

「そうよ！　最低賃金の上、仕事がきついって有名よ！　だから中々来ないのよ！」

「私達みたいに年寄りは行く所ないから、仕方なく来ているけど」

と口々愚痴を呟いた。

社長の敦子より年上のパートが多く、最高齢は七十歳を超えていた。

高瀬専務がハローワークに求人を申し込むと、「今の時期の求人は有り難いです！　直ぐにでも紹介しますよ！」と職員は上機嫌で受け付けてくれた。

高瀬は作業員のパート数名と、半日働いて貰える事務員一名の募集を提出してハローワークを後にした。

ハローワークに仕事を探しに来ていた吉山恵美は、その遣り取りをひそかに聞いていた。

先日、新婚旅行でヨーロッパに行ったが、コロナ騒ぎで慌てて帰って来ていた。

東京から静岡に引っ越して新婚生活を始めた恵美は、主人の扶養内でできるパートの仕事を探しに来ていたのだ。

年齢は二十八歳、旦那は三十二歳の吉山伸二、工作機械会社の技術職。

結婚式と新婚旅行の三週間の休みの後、恵美はパートの仕事を探しに、伸二は久々の職場に復帰したのだ。

恵美がハローワークに行った日の夜、二人はお互いに話したい事を胸に秘めていた。

夜遅い食事を始めると、「話があるのだけれど！」「話があるのよ！」とお互いが同時に言った。

「恵美から話して」

「伸二さんからどうぞ！」お互い譲り合う。

それではと、恵美が先に話した。今日ハローワークで見つけた自転車で十分ほどの距離にあるナチュラルフーズの事務員の面接を決めて来たと話した。

「昼休みを返上すれば午後一時まで仕事が可能なの。半日なら扶養に入れるでしょう？」

「そんな近くに理想の会社が在ったのか？」

「パートを含めても三十人もいない小さな会社だけど近いから楽だわ！」

「それは良かった！　僕の話はね、アメリカの工場に一週間ほど技術指導に行く事になった」

「えー！　今コロナが広まっているのに大丈夫なの？」

「アメリカはまだそれ程広まってないから大丈夫！　それにしても、ヨーロッパは危険だったな。新婚旅行を早く切り上げて正解だったよな！」

「どうしても貴方が行かなければ駄目なの？」

「結婚式と旅行で休暇を三週間も貰ったから、その埋め合わせをしなければならないし俺の担当の仕事だから他の奴に頼めない！　寂しいけれど辛抱して欲しい」

「仕事だものね！　貴方の責任感が強い処が好きよ！　コロナのリスクがあっても行くのだから」

高瀬は、ハローワークから紹介を受けた翌日に恵美の面接を行なった。

お互いにマスクをつけての面接だったが、高瀬は仕事柄マスクをいつもつけているので違和感はなかった。

面接が終わって高瀬は敦子に恵美の採用を決めたことを言った。

「この子東京で食品会社の事務をしていたらしいんだ！」

「でも東京の中堅の食品会社で勤めていたのでしょう？　中堅の食品会社とうちみたいな小規模会社では違うわよ、何も知らない人の方がよくない？」敦子は乗り気では無かった。

写真で見る限り、中々綺麗な若い女性だった。給料も安く年配の多い小さな自分の会社では続かないと思ったのだ。

話をしている最中に門野商事の営業マン富永から来月の生協のコロッケの数を三割増やして欲しいと注文が入った。

「ほら、忙しいだろう？　早急に事務職を入れて増強しなければ対応が難しいぞ！　理子の結婚式もあるしな！　この子なら明日からでも来られると言っていたぞ！」

「仕方ないわね！　採用したら」敦子は気乗りではなかったが高瀬の意見に従って渋々採用を認めた。

半年後の九月半ばは、コロナが一時的に落ち着いていた。

日本国内では旅行業者救済の為にGOTOキャンペーンが始まり、人々が各地に旅行に出掛けて賑わいを見せていた。

静岡県の観光地も久々に賑わいを見せて、熱海温泉も活況で予約が取れない程だった。

「私達も旅行に行きましょうよ！　GOTOキャンペーンで行くと安いわ！　実家の久美浜には行けないけれどね！」美優が帰宅した一平に話した。

三話

「何故？　久美浜には行けないの？　GOTO使えるよ！」

「馬鹿ね！　高齢の両親と祖父母が居るのよ！　私達がコロナを運んで、感染でもしたら危ないでしょう？」

「あっ、そうだよな！　感染したら危険だな！　今、久美浜では感染者いるのかな？」

「田舎だから、多くはないと思うけど」

「そうか、それなら安心だな。幸い事件も少ないから、今なら休みが貰えるよ！」

「不思議と今の課長さんになってから、事件が少ないわね！」

「コロナで外出しないから、事件も少ないのだろう？」

その時、携帯が鳴った。

「署からだ。嫌な予感がする！」一平はそう言いながら携帯を耳に「何！　若い女性の死体！」

一平の声が久々にマンションの部屋に響いた。

電話が終わると「梅ヶ島温泉近くで若い女性の全裸の変死体だ！　死後数時間程。身元が分かる物は何も無い様だ」と言った。

「秘境の温泉ね！　全裸の若い女性？　酷い事をする人がいるのね、許せないわ！　男関係で殺されたの？」

「それはわからない。道路から転がして落とした様だ！　伊藤が来たら一緒に現場に行ってくる！」

「今日は帰れないわね！　情報また教えてね！」

「それは駄目だ！　今の課長は美優の出入りを嫌がっているから教えられないよ！」

「そ、そうだったわね！　民間人の捜査の介入は嫌っているのよね！」

「梅ヶ島温泉郷」を代表する梅ヶ島温泉は、古墳時代の応神天皇（三世紀～四世紀）にもその存在が知られていたという、一七〇〇年の歴史ある静岡の温泉です。

静岡市を流れる安倍川の源流域、標高約一〇〇〇メートル、東海道新幹線・在来線の静岡駅から道のりにして四五キロメートルの梅ヶ島の最奥に、一二軒の旅館・民宿などが集まり温泉街を営んでいます。


一平たちが現場に到着したのは二十二日の深夜だった。捜索、現場検証は明日に持ち越され、遺体は司法解剖の為病院に移された。

「今夜は梅ヶ島温泉に泊まりだ！　三密を避けて部屋を割り振った！」

「明日早朝から聞き込み、不審な車両等を調べる」と静内捜査一課長は指示をした。


翌日、意外な事実が判明し、捜査員全員に戦慄が走った。

「今、病院から連絡があって被害者はコロナに感染していた！　これからの捜査は感染リスクを伴うので厳重な警戒を持って進める！」

「死因がコロナですか？」

「まだそこまで判らないが可能性は充分有る」

「コロナで亡くなって、この温泉に遺体を捨てに来たのでしょうか？」

「身元が判明しない様に、全裸にして遺棄した事は間違い無い。だが、理由が判らない」

会議後一平が捜査一課長に呼ばれ、自宅で事件の話は絶対にするな！　と、釘を刺された。

静内捜査一課長の言葉には美優の力を借りずに事件を解決したい気持ちが滲み出ている。


その後捜査員たちは、コロナ対策を施した完全防備の準備ができると、死体の見つかった場所を中心に捜索を行ない、また不審な車の目撃情報の聞き込みを始めた。

その夜、捜査員達から、死体は二十二日の夜に道路から投棄された様で、目撃者不明、一緒に投棄された物は何も発見出来なかったと報告がなされた。

捜査員たちはマスクとワイシャツの上に防護服を着ているので汗だくになっていた。

温泉場には保健所の職員が消毒に巡回し、投棄された付近の捜査が終了した場所も次々と消毒が実施されて行く。

丸一日半の捜索が終了して、夕方、県警の捜査本部で静内捜査一課長の記者会見が行われた。

梅ヶ島温泉死体遺棄事件の説明は簡単に行われた。
①二十五歳から三十五歳の女性の全裸死体、暴行された痕は一切ない。
②被害者は新型コロナに感染していたが、死因はコロナではない。
③直接の死因は一酸化炭素中毒。

④練炭とか車の排気ガスで死に至った可能性が高いと思われる。
⑤身元の確定の為歯の治療痕を調べたが、治療痕が少ないので判明するか不明だ。

翌日の早朝、県警に数本の事件に関する電話が有ったが、身元に関する有力な情報は皆無だった。

数日経過しても有力な情報が得られないので、静内捜査一課長は公開捜査に踏み切る事にした。

死体の写真をテレビで出す訳には行かないので、似顔絵を克明に描いて発表する事になった。

その画像を見て驚愕の表情になったのは、ナチュラルフーズのパート達だった。


「昨日のニュースで流れた、あの似顔絵見た?!」

「見た見た！　三月に事務で来た人よね！」

「名前……忘れたわ……確か二日しか来なかったわよね！」

「そうそう、専務が期待していたのに、二日で辞めたって怒っていたわね！」

「警察に届けるの？」

「名前も覚えていないのよ」

「巻き込まれるのも困るわ！」

「そうよね！　半年も前に二日間だけ来た人の事で……ね！」

「他に誰か連絡するでしょう？」

そこへ社長の敦子が来て「テレビ見た？」とパートの人達に尋ねた。

「ニュースに出ていた似顔絵のことですよね？　私達は警察には言いません！　半年も前の事件に巻き込まれるのは嫌だから……」

「そうね！　半年も前の事だから、そうした方が賢明な判断だわ！　きっと誰かが警察に言うわよね」

ナチュラルフーズの面々はだんまりを決め込んだ。

同じ頃、吉山伸二の勤めていたＡＯＧ機械製作所でも、結婚式に出席した人達が「あの似顔絵吉山さんの奥さんに似ていない？」と言い始めていた。

「そうだと思うけれど、結婚式で一度会っただけだから自信無いな」

「そうよね」

「課長！　どうしますか？」

三木課長を筆頭に課内の数人が結婚式に出席していた。

「常務に一度お伺いをしてみる！　吉山君も既に亡くなっているからな！」

その後山内常務に三木課長が尋ねると「家族が警察に言うだろう？　直接吉山君の事とは関係ないだろう？」

「そうですね、」

四話

その頃、警察に安西留美子と名乗る女性から電話で、自分の友人の丸山恵美さんではないかと連絡があった。

コロナ患者の遺体は完全隔離状態で病院に保管されていた為、彼女に遺体を直接確認して貰うことはできない。

翌日、留美子は静岡署を訪れて丸山恵美について話した。

本籍は北海道で東京の酒田食品に就職して一人暮らしをしていた。

今年の二月末結婚をして吉山恵美となり静岡に引っ越して旦那さんと二人で新婚生活を始めていた。

ご主人の名前は吉山伸二で、ＡＯＧ機械製作所のエンジニア。

留美子とは結婚式以来会ってなく、一度連絡したが携帯が繋がらなかった。きっと着信履歴を見たら連絡してきてくれると思っていたが、連絡が無いので気にはなっていたと話した。

「それはいつ頃ですか？」

「確か四月だったと思います！　外出自粛で会う事も出来ないので」

「その後は連絡をしていないのですか？」

「いいえ、七月にも一度しました。でもその時は電源が入って無いか電波の届かないと音声が流れました。それ以降は連絡をしていません」

佐山係長と伊藤刑事が留美子から聞いた話を静内捜査一課長に報告した。

留美子の聞き取りに一平を同席させなかったのは、静内捜査一課長の美優に対する意地の表れだった。

だが、その話は伊藤刑事の妻の久美を通じて美優に筒抜けになっていた。

「妻が殺されたのに、旦那は何も言ってこないのか？　犯人は旦那だ！　間違い無い！」

静内捜査一課長は大きな声で言い切った。

「旦那を調べろ！」

「はいっ！」

すぐに佐山係長が動いた。

しばらくして佐山係長が「一課長！　亭主の吉山伸二には殺せません！」

「何故だ！　一番怪しいだろう！」

「吉山伸二さんはアメリカの病院で、四月半ばにコロナに感染して亡くなっています！」

「何？　コロナで死んでいる？」

「恵美もアメリカに行ったのか？」

「ＡＯＧ機械では妻の恵美に連絡をしたらしいが、連絡が取れなかった様です！　遺骨はアメリカから吉山の実家に送られて葬儀は、家族だけで行われたそうです」

「またコロナか。妻は九月に殺されコロナに感染していた！　でも半年後に何故だ？」

「明日、野平と一緒に吉山の実家に行ってきます！」

「実家は何処だ」

「和歌山県です。恵美の実家が判れば北海道に誰か行かせますか？」

「吉山の家族なら妻の実家の住所は知っているだろう？」

「聞いてきます！」

「白石と伊藤にはＡＯＧ機械に事情を聞きに行かせる。電話では話せない事も有るかも知れない！」

「恵美の元の職場、酒田食品はどうしますか？」

「関係無いと思うが電話で聞くか」

佐山係長が酒田食品の河野課長に尋ねると、似ていると思ったが既に退職して一年が過ぎ、はっきりしなかったので警察には言わなかったと説明した。

確かに退職して一年も経過した元社員が殺されても、関りは持ちたくないのが本音だろう。

「性格も良い子で人に恨まれる様な子では有りませんでした！」

河野課長は話の中で、再三恨みで殺される様な子では無いと強調した。

佐山係長は恵美のご主人もアメリカでコロナに感染して死亡した事を伝えると「夫婦揃ってコロナですか？　怖いですね！」そう言って怯えた。

恵美の実家の北海道の住所を尋ねると、調べて後程連絡すると言って電話が終わった。

「似顔絵を見ても似ているくらいなら中々通報してくれないですね。特に食品会社となるとコロナ感染での風評被害を恐れてなのか、関わりたく無いのが本音なのかもしれませんね！」と佐山係長が言うと、静内捜査一課長が苦々しい顔で「コロナが捜査を妨げているな！」と言った。

「はい、我々の捜査もコロナの為に進みません！　被害者がコロナで亡くなった事に人々が警戒しています。コロナでの風評被害はひどいですからね」

「この事件は野平君の奥さんの力を借りずに解決したい！」本音が出た捜査一課長だった。

その美優は一平に「今回は新課長に敬意を表して、私は傍観者になるわ！」

「何故？　久美さんから情報は貰っただろう？」

「私が出歩いてコロナに感染して美加にうつしたら怖いもの！　だから新課長のお手並み拝見にするわ！」

そう言って微笑みを見せる美優だったが、密かに事件の整理を行っていた。

翌日、夫伸二の実家和歌山に佐山と一平は向かった。

開口一番、伸二の母親は「息子の嫁の事は何も知りませんよ！　親の反対を押し切って強引に結婚してしまって、息子がアメリカで苦しんでいる時も電話にも出ないのですから。何処で何をしていたのか⁈」

「お嫁さんと最後にお話しされたのは？」

「伸二がアメリカに出張する前日、伸二と交代して電話で話を少ししましたが、それが最後です。その後は電話もつながりませんでした」

「静岡のマンション（クレストール）を引き払われていますが、その時恵美さんの荷物は置かれていましたか？」

「嫁の荷物は半分がまだ引っ越しの箱に入ったままの状態で、春服だけがタンスに有りました」

「その荷物は？」

「四月の末まで恵美さんからの連絡を待ったのですが、連絡が無かったので全て業者に頼んで焼却処分にしました！」

「息子さんの物も同じく焼却？」

「コロナがいつ何処で感染したか判らないので、怖くなりました。同時に息子の思い出も断ち切りたかったのです」

それ以上母親は何も喋る事は無いと、二人を追い返す態度を示した。

折角息子の事を忘れ様としていた矢先に、息子の嫁が全裸で殺された事を告げられて耐えられなかったのだ。

母の良子は、遺体が全裸だったという言葉に、嫁には男が存在してトラブルで殺されたのだと思ったのだった。

五話

二人は和歌山の役所で恵美の戸籍を調べるとその日のうちに静岡に戻って行った。

新幹線は一時より乗客が増加している様に見えるが、通常に比べるとまだまだ空席が目立った。

「何故恵美の家族は何も言ってこないのでしょうか？」

「そうだな！　北海道にも事件は伝わっているだろうがな！」

「名寄市は旭川市より上だな？　父親の年齢が随分と高齢だな！」

「兄が一人居ますね！」

「意外と複雑な事情で、恵美は東京に出て来たのかも知れないな！」

二人は戸籍から色々な事を想像しながら帰路についた。


一平は戸籍をスマホで撮影しておいてから、原本を静内捜査一課長に渡し吉山家の報告をした。

「夫が留守の間に恵美は男を作って家を出たのか？」

「それはわかりません」

「母親の話では殆どの荷物は引っ越しの箱に入ったままの状態だった様です」

「マンションに引っ越したのは三月の頭だ！　結婚式が三月七日、翌日から新婚旅行に行って帰りが二十一日だ！　伸二は二十六日にアメリカ！　妻はその後に別の男と？」

「何故？　男だと思われるのですか？」

「解剖の結果！　亡くなる数週間前に性行為をした形跡が見つかったのだ！　それも受精卵が見つかった！」

「えっ、そんな細部まで？」

「全裸の若い女性の死体の場合、男女の交際のもつれからの事件が多いので詳しく調べる様だな」

「男女関係のもつれですか？」

「間違いないだろう！　マンションでの目撃情報を探せ！」

「あのマンションなら監視カメラが有るのでは？」

「残念だが既に上書きされて残っていない。半年分は残しているのだが既に過ぎている！」

　翌日からマンション（クレストール）の聞き込みが捜査員総出で行われた。

　コロナ患者という事で防護服を着た人が、吉山のマンションに出入りをしていたので怖かったとの聞き込みが多く集まった。

ワンフロアーに十戸でエレベーターが二基、十五階建て百五十世帯が住んでいる。

恵美の居た六階の六〇一号室は、一番端にありその隣に一戸、エレベーターを挟んで反対側には数戸並んでいる。


管理人の立会いでマンションの六階フロアーに入り佐山と一平は話しを聞いた。

吉山の六〇一号室は既にリフォームされて、赤星という家族が七月末から入居している。

赤星さんにはコロナの話と以前住んでいた吉山の話は絶対にしないとの条件で捜査が始まっていた。

赤星さんの隣には安西さんの住居が在った。安西さんに尋ねると五月に引っ越して来たので、赤星さんの以前に住んでいた人のことは全く知らなかった。

管理人に尋ねると、安西さんの以前は山田さんが住んでいたそうだが、コロナ騒動の後引っ越してしまったと話した。

エレベーターを挟んだ反対側の二戸も安西さんと同じ様な時期に入居していたので、吉山さんとは面識があるものはいなかった。

この階で残っているのは反対側のエレベーターの向こう側の二戸だけだった。

一応尋ねてみたが吉山の事は全く知らなかった。

管理人の大山が「誰も吉山さんとは面識が無いと思いますよ！　入居されて直ぐに結婚式、新婚旅行、そしてアメリカ出張でしょう?」

「でも旦那さんがアメリカ出張の時は、奥さんはいらっしゃったでしょう?」

「私がお会いしたのも三月の末に自転車置き場の事で声を掛けられて少し話したくらいです。その自転車も駐輪場に置かれたままでしたので、吉山さんの荷物を片付けに来た業者に処分してもらいました」

「その業者はご存じですか?」

「はい、吉山さんの家族の方にお願いされたので、廃棄専門のクリーン興業に私が依頼しました。コロナ患者の荷物ですから危険でしょう?　部屋の殺菌までお願いしました」

クリーン興業の連絡先を聞き、二人は当時の状況を知っている担当者を尋ねる事にした。

クリーン興業の静岡支店に向かい、事務員に作業を担当した人を探すように依頼した。

「星野、前本、李さんの三人とバイトの学生が二人ですね！　四月三十日に依頼を頂いて、五月の五、六日で荷物を撤去、八日に消毒作業を完了して十日に引き渡しを終わっています」

「何か変わった事は有りませんでしたか?」

「依頼は部屋の物は全て焼却処分して欲しいと聞いていますね！　コロナ感染者と聞いていましたので、全員防護服の完全装備で作業を行った様です！」

「テレビとか冷蔵庫、電子レンジ等の電化製品も有ったでしょう？」

「廃棄処分になっていますね！」

作業をした担当者が不在だった為、会える時間に再び来る事にした。


事務所を出ると一平が「吉山さんは結婚で引っ越して来たのですよね？」

「以前の住まいも調べてみるか」

「しかし、恵美の事が全く判りませんね！　本当に別に男性がいたのでしょうか？」

「そう考えられるが、新婚で旦那さんがコロナに感染し亡くなっているのに全く連絡が無いのがよく判らない！」

「新婚旅行で喧嘩したとか？　直ぐに仕事でアメリカに行ったので怒って家出したとか？」

「旦那が居ないのに家出する必要があるのか？　それに荷物も置いたままで連絡すら取れないなんて」

ＡＯＧ機械製作所に吉山の結婚前の住所を尋ねると、安倍川駅の近くのマンションだと聞き二人は向かった。

三階建てで、一階には店舗が二軒入り、二階と三階は住居スペースになっており十戸入っている。

部屋はワンルームマンションより少し広めの賃貸マンションで、一人暮らし、子供の居ない夫婦が住んでいる様だ。

「ここでも二人なら充分生活出来るけれど、大きなマンションに引っ越したのですね！」

「少し古いからだろう？　築二十年だよ！」マンションの下の方に竣工の年月日が記されていた。

店舗は美容院と小さな喫茶店が軒を並べていた。

「尋ねてみましょうか？」と美容院の方に入った。

丁度客がいなかったので話が聞きやすかった。

「警察のものですが」と警察手帳を見せた。

警察の訪問に驚き女性美容師の島村が「な、何か事件ですか？」

「突然すみません、新聞でご存じでしょうが、梅ヶ島温泉の女性の事でお聞きしたいのですが？」

「あっ、やはり吉山さんの彼女だったのね！」島村は自分が思っていた事が的中したと思った。

六話

「テレビのニュースを見た時、吉山さんの彼女に似ていると思ったのですが、自信が無かったので警察には連絡しませんでした。」罰悪そうに話す島村。

「何度か会われたのですか？　彼女と」

「二三度見ましたけれど、話をしたのは吉山さんが転居される時、手伝いに来られていて挨拶されたくらいです。明るい良い雰囲気のお嬢さんだと思いましたよ！」

「何年程前からですか？　吉山さんがお付き合いをされていたのは？」

「詳しくは知りませんが、去年の春に見たのが最初ですから、もう少し前からのお付き合いでしょうね」

「吉山さんの事をご存じの方はいらっしゃいますか？」

「三階の三〇五号室の結城さんは、同じ独身で仲良くされていたと思いますよ！」

「お隣の店は？　吉山さんは行かれていましたか？」

「去年からの店ですから、殆ど行かれてないと思いますね！」

「以前はどの様なお店が？」

「ネイルサロンでしたから、吉山さんには関係無いでしょう？」そう言って笑う。

「吉山さんはどうされていますか？　奥様が亡くなられて気の毒ですね！」島村が尋ねる。

「吉山さんは半年前にアメリカで病気の為亡くなられています」

「えー！　亡くなられて、半年後に奥さんが殺された？」驚く島村。

「結城さんは何時ごろ帰宅されるかわかりますか？」

「営業時間に帰ったのを見たことがないのでわかりません」

「ご協力ありがとうございました」と言って店を出て歩き始めると島村が追いかけて来て「余計な事かも知れないのですが、彼女が嫌がったので引っ越したと思いますよ！」

「何を嫌がったのですか？」

「結城さんですよ！」

「えっ、どういう事ですか？」

「彼女に結城さんがちょっかいを出したとか、吉山さんが怒って話していました」

　一平の顔色が変わった。

「貴重な情報をありがとうございます」

　島村は店に客が来たので、直ぐに戻ってしまったが、二人には重要な話が聞けたと思った。

「それはお手柄だったな！　結城と言う男をすぐに調べろ！」静内捜査一課長は重要な人物だ

と感じ、本人に気が付かれないよう行動と身元を調べるように指示した。

結城が捜査線上に浮かんだ。めぼしい犯人像が浮かばない処に、結城は格好の的になった。

自宅に帰った一平に美優が「重要参考人でも見つけた顔しているわね！」微笑みながら言った。

「えー、そんな事顔に出るのか？」

「ほら、図星だわ！」

「引っかけたのか？」

一平は粗方の経緯を美優に説明して「どう思う？」と尋ねた。

「吉山さん夫婦がマンション（クレストール）に引っ越した理由なのね！　まだ結城って人物がよく判らないから何とも言えないけれど、私は夫婦が共にコロナに感染していた事が気になるわ！」

「偶然だろう？　半年もの時間差があるのだぞ。別の男に走って最終的に自分もコロナに感染したのだろう？」

「コロナは広がっているから何処で感染するか判らないけれどね！」

「直接の死因は一酸化炭素中毒だけどな！」

「排気ガスとかガス湯沸かし器やストーブの不完全燃焼などの事故もあるけど、身元が直ぐに判らない様に全裸で遺棄したのだから殺人よね！」

「車の排気ガスで殺害したのだと思うな！」

「でもコロナに感染していたのだから、犯人も感染しているよね！」

「結城は吉山さんがアメリカに行った隙を狙って恵美さんに近付いた！　恵美さんは結城から逃れる為に身を隠したが、結城に発見され監禁されたのだろうか？」

「何故殺されなければならなかったの？　何故全裸で遺棄されたの？　何故コロナに感染していたの？」

「焦るな！　結城を明日見つけて聞けば判明するだろう？」

美優の疑問にはまだ答えられる状況では無かった。


翌日、結城の住む安倍川の駅近くのマンション（ルメール）三〇五号室を調べるが、最近自宅に帰っていない事が判明した。

結城丈一三十三歳、以前はファミレスの店長をしていたが、コロナ不況で店が閉店し最近は静岡の繁華街でクラブ（アエリア）のウエイターの仕事をしている事がわかった。

クラブ（アエリア）に夜、伊藤刑事と白石刑事が向かうと、シャッターに『コロナ感染の為しばらく休業します』の張り紙が貼られていた。

「また、コロナですよ！」伊藤刑事が白石刑事に呆れた様に言った。

「近所の店に聞いてみよう！」

ラーメン屋に聞き込みに入ると「（アエリア）は先週クラスターが発生したのですよ！　従業員数名が入院していますよ！」

「ウエイターで最近入った結城という男を知らないですか？」

店の奥から女店員が「じょうちゃんの事ね！　入院していると思うわ！　クラスターが発生した時のＰＣＲ検査では陰性で自分は感染しなかったって喜んでいたのですが、二日前から熱がでて、ＰＣＲ検査で陽性が出たって！」

「よくご存じですね！」

「この店にもよく食べに来るし、ライン交換しているから連絡は入るの」

「三日前までは普通に？」

「普通って言うかお店でクラスターが発生したので、自分は陰性だけど自主隔離するって、自宅には帰ってないのに自主隔離って笑うわね。」

「結城さんの写真は有りませんか？」

しばらく考えて「あるわ！　ここで写した写真！」

「頂けませんか?」そう言うと簡単に携帯のアドレスを聞いて送ってくれた。

「じょうちゃん! 何か事件に巻き込まれたの?」

「梅ヶ島温泉の事件で聞きたい事があるのです!」

「全裸殺人事件の? そ、それじゃ……」

「どうされたのですか?」

「じょうちゃん! 自主隔離で温泉に行くって、それも秘境の温泉って言っていたけど!」

「ほ、本当ですか?」二人の刑事の目が輝いた。

ラーメン屋(翁貴)でまた重要な証言が手に入った。

七話

その頃、佐山と一平は約束の時間にクリーン興業へ向かった。

既に吉山のマンションでは手掛かりは全く見つからないので、この業者の証言から恵美の行動が少しでも判ればと思っていた。

「バイトも一緒に仕事を手伝いましたが、今はこの社員三名しかおりません!」

そう言って星野、前本、李の三名を紹介したクリーン興業の課長。

「この引っ越しで何か変な事は有りませんでしたか？」

「そうですね、今でも覚えているのは引っ越し用に箱に入れられた物が多かったですね！」

「それは誰かが片付けたって事ですか？」

「違いますね！　殆どの荷物が引っ越して来たまま開封されていない状態だったと思います」

「じゃあ、荷物を開けてない物が多かったのですね！」

「お母さんも殆どご覧にならず、私たちが高価な物と通帳、印鑑等を消毒してお渡ししました」

「通帳は何冊ありましたか？」

「記録では五冊ですね！　奥さんの名義が三冊、ご主人が二冊ですね」

「冷蔵庫には物が入っていましたか？」

「少しだけ入っていましたね！　玉子とかビール、冷凍食品！」

「そうそう、作りたてのハンバーグが皿に乗せられて冷凍庫に入っていましたね！　料理を作った様な形跡がなかったのに、ハンバーグだけ十個程有りましたね」

「冷凍食品では？」

「いいえ！　不揃いのハンバーグでしたから、手造りに間違いないです！」

「玉子とか他の物を見て何か感じましたか？」

「殆どのものが賞味期限が過ぎていましたよ！　確か牛乳は一か月以上前だったと思います！」

「吉山さんのお母さんが御社に依頼したのが、四月の末ですよね！　牛乳の日付が三月だったということですか？」

「はっきりとは覚えていませんが、それ位前の日付だったと思いますね！」

「他の物は全て焼却されたのですか？」

「はい！　燃える物は全て焼却しましたね！」

「粗大ゴミとして出した物も、コロナ関連の家財道具と記載したので、厳重に管理されて処分されたと思います」

「新しい物だったのですか？」

「いいえ、冷蔵庫もテレビも五年程経過した品物ですね！」

「私の見た感じでは、夫婦が使っていた物を持ち寄ったって感じでしたね！」

「他に何か有りましたか？」

「旅行の土産が少し有りましたね！」

「新婚旅行の土産ですかね？　海外の品物でした！」

余談の話を聞いて、何か思い出した事が有れば連絡が欲しいと一平が名刺を渡すと「野平刑事さんと言えば確か有名な奥様が……探偵ですよね！」

「探偵では有りませんよ！　普通の主婦で好奇心が旺盛なだけですよ！」

「写真で拝見しましたが、美人な奥様ですよね！　今回も乗り出されるのですか？」

「いえ、いえ！　そんな事は有りませんよ！」そう言って笑った一平。


帰り道一平が佐山に「先程の話が本当なら、四月には恵美はマンションに居ませんね！」

「俺もそれが一番気になったよ！　夫の伸二を見送って直ぐに姿を消した事になるな！」

「もう一度マンションに行って、結城の写真を管理人に見て貰いましょうか？」

「そうだな！　結城が引っ越し先に来ている可能性が高い！」

「結城の事情聴取は退院するまで出来ないから、外堀を埋めるしかない！　だが恵美さんは結城にコロナをうつされた可能性が高いってことか?!」

「今日捜査員が、結城が梅ヶ島温泉に宿泊していたかを調べに行ったから、意外な事実が判明するかもな！」

「結城が吉山の彼女に興味を持っていたのは確かだな！」

二人は話をしながらマンション（クレストール）に向かった。

「この人見ましたよ！」管理人は結城の写真を見て話した。

「二回だったかな？　三回ですね！」

「部屋に行きましたか？」

「最初は新婚旅行中でしたから、その後も多分部屋には入れなかったと思いますよ！　この男が犯人ですか？」

「それは判りません！」

その時携帯が鳴って堀田刑事が「梅ヶ島温泉の梅乃屋に結城が宿泊していました！」と興奮気味に伝えた。

「日にちは？」

「遺棄された前日まで二泊していました！」

「一人か？」

「連れの女性が居た様ですが、恵美とは確定出来ませんでした！」

「旅館の近所にも出かけているだろう？　目撃情報を探してくれ！　恵美さんを結城が連れていた事が証明出来れば引っ張れる！」

佐山係長は目撃情報を期待した。

しかし近所では結城の目撃情報も恵美の情報も皆無だった。

梅乃屋の中居でも連れの女性の顔をはっきりと覚えていない程、顔を見せないようにしていたようだ。

静内捜査一課長は夜の捜査会議で、顔を見せない女性は益々恵美の可能性が高いとし、翌日も人数を増強して目撃情報、防犯カメラの映像分析をする様に指示をした。

「結城の取り調べは二週間以上先の退院するまで出来ない。それまでに動かぬ証拠を集める様に！」

「引っ越し先のマンション（クレストール）にも三回程結城は尋ねている！　この事実を見ても恵美さんを捜していたと考えられる！」

捜査員から「でも前のマンションでは年齢も近いので、吉山さんと結城は仲良くしていたのでは？」との質問に

「吉山さんの婚約者を紹介した時から状況が変わった様です！」と、一平が一階の美容院の島村から聞いたことを詳しく話した。

八話

自宅に一平が帰ったのは十二時を過ぎていた。

美優は一平から事件の進展状況を聞きたくてうずうずしながら待っていた。

「美優には話したら駄目だと課長に強く言われているんだよ！　でも黙って寝ている奥さんでは無いよな」

美優は好奇心いっぱいの目で大きく頷いた。

「重要参考人は吉山さんが以前住んでいたマンションの住人で、結城丈一だ！　でも今静岡中央病院に入院中だ！」

「コロナでしょう?」

「正解！　喋ってないのに良く判ったな！」

「だって恵美さんがコロナに感染していたということは、誰かがうつした事は確実よ！　でもご主人も恵美さんもコロナで、殺害の犯人もコロナって……」

「元のマンションで吉山さんは恵美さんを結城に紹介した！　その結果、結城が恵美さんに興味を持ちちょっかいを出すようになった。それで結婚を境に二人は大きなマンションに引っ越した。結城の事が無ければ子供が生まれるまでは、安倍川のマンションで暮らす予定だったらしい！」

「状況的には結城が犯人？」

「もうひとつ梅ヶ島温泉に結城は女と前日まで二泊していた事が判った」

「益々結城が犯人？　私の出番は無しかな？」

「そうだな。静内捜査一課長は美優の力は借りたくないだろうし、それに簡単な事件になりそうだよ！　ただ二週間以上先でなければ結城の取り調べが出来ないけどな！」

「部屋の荷物を片付けた業者からは何か判ったの？」

「全て廃棄、焼却したらしい！」

「何か変わった事は無かったの？」

「冷凍庫に不揃いのハンバーグが残っていた事と、古い牛乳が有った様だ」

「いつの牛乳？」

「製造は三月の物だろうと、廃棄業者は言ってた！」

「じゃあ、新婚旅行から帰ってから買い物に行った物ね！　ハンバーグは手造り？」

「そうだと思うな！」

「旦那さんはハンバーグが好きだったのね？」

「それから二人のマンションに、何度か結城が尋ねていたことがわかった」

「引っ越し先まで、執念深いわね！」

「恵美さんの家族が来ないのが不思議なのだが、複雑な事情でも有るのかも？」

「連絡は出来たの？」

「別の刑事が連絡先に問い合わせているのだけど、まだ連絡出来てない様だ！」

「結婚式には来なかったのかしら？」

「どうも結婚式にはお金をかけずに、新婚旅行にお金を使った様だ！　ヨーロッパ旅行だから豪勢だ！」

「コロナが蔓延したから早く帰ったとか？」

「その様だな！　日本に帰国してから東京のホテルに二泊している事は判っている！　コロナ感染の為に隔離して経過を見た様だ！」

「吉山さんは二十六日にアメリカに向かったのよね！」

「恵美さんの東京での住まいは？」

「そこまで調べて無いよ！」

「もし結城が恵美さんを狙っていたのなら、結婚前から付きまとっていたかも知れないわ！」

「そうかなあ？　吉山さんと付き合う以前から面識があったということか？　多分課長はそこまで調べないと思うよ！　明日も梅ヶ島温泉付近の調査と聞き込みだ！」

「結城が犯人だと決めているのね！　決めつけは怖いわ！　結城の人間関係調べたの？　三月から恵美さんと一緒にいた目撃証言は有るの？」

「それは全く無い！　美容院の島村さんが恵美さんを見たのは引っ越しの時だからな！　二月の末か三月初めだろうな」

「それだけの証言で犯人だと決めつけるのは早計よ！」

「でも引っ越し先のマンションにも何度か行っている！　梅ヶ島温泉に遺棄の前日に宿泊もしている」

「確か恵美さんの死体は死後二十四時間経っているって言っていたよね？　前日まで旅館に泊まっていたのなら一緒にいた女性だと死亡推定時刻が合わないわよ！」

「そうか？　一度明日監察医に聞いてみようかな？」

翌日、死亡推定時刻を検案書で確認すると、死後二十四時間以上経過と書かれていた。解剖で調べたのが九月二十三日の午後だから、二十二日の昼以前に死亡していたことになる。十九日からは四連休で観光客は多い、死体は二十二日の夜遺棄され、結城と泊まっていた女性は恵美ではないということになる。

一平は静内捜査一課長に結婚前に東京で結城と恵美さんは面識があったのかを調べたいと進

言したが却下されてしまった。

「その必要は無い！　梅ヶ島温泉に二人が宿泊した事実を掴めば事件は解決だ！」と結城を犯人だと決めつけている。

その頃美優も一平と同じ様に考えていた。

四連休とＧＯＴＯキャンペーンで久々に観光地、温泉は賑わっていたが二十二日の夜からは逆に閑古鳥状態に変わる。

結城も二十二日の午前には旅館を後にしている。

わざわざ戻って死体を温泉近くに遺棄するだろうか？

その様に考えると益々結城犯人説には疑問が生じると美優は思った。


その日の捜査で結城と女は梅ヶ島温泉に二泊したが、もう一泊別の温泉に宿泊している事ことが分かった。

本当はその旅館に二泊で梅ヶ島が一泊の予定だったが、満員で逆になったらしい。

担当の中居が思い出したのだ。

「こんな秘境温泉に二泊するとは思わなかったわ！」

「でもかえって身を隠すには秘境の方が良かっただろう？」

その様な会話を聞いたと言うのだ。

女は中居が部屋に入ると顔を伏せるかサングラスをかけて顔を見せなかった。

その為有名人か芸能人ではと興味津々だったと話した。

静内捜査一課長は結城に芸能人との接点は無いから、中居の証言で益々サングラスの女が恵美だと決めつけた。

そして、もう一泊した旅館を探す様に指示を出した。

九話

その話を聞いて美優は益々捜査が違う方向に進んでいる気がしていた。

そもそも恵美さんがそれ程顔を隠す必要が有るのか?

芸能人若しくは有名人、もうひとつ考えられるのは犯罪者だ。

結城は、昔はファミレスの店長だが、最近は夜の仕事をしているので、充分闇の世界の者との付き合いも有ると考えられる。

同時に他人の彼女にちょっかいを出す様な男だから、女癖も悪いと考えられる。

だがもしも結城が犯人でなければ、恵美さんは四月初旬から半年以上誰にも連絡せずに何処に居たのか？　ご主人の死は知っていたのだろうか？

結城と一緒にいた女性もコロナに感染している可能性が極めて高い。


そうなると梅乃屋にもコロナ感染者がいても不思議ではないのだが？

考え始めると美優の指は自然と一平の携帯を呼び出していた。

「今、何処？」

「梅ヶ島温泉だ！」

「その温泉地にコロナ患者は出たの？」

「誰も出てないよ！」

「梅乃屋の人はＰＣＲ検査受けたの？」

「陰性でみんな一安心しているぞ！」

「誰も感染していないのは変ね！　恵美さんコロナで亡くなったのでしょう？　それに結城さんもコロナでしょう？」

「でも誰も感染していないのも事実だ！」

「結城さんは二十二日の何時にチェックアウトしているの？」

「十時だな！」

「静岡中央病院に入院したのは？」

「二十八日だった！」

「潜伏期間には間違いないけれど、どうも結城が犯人ではない気がするわ！」

「そんな事、今言い出せないよ！　課長は張り切っているのに！」

「まだ恵美さんの家族とは連絡取れてないのよね？　友人が一人結婚式に出席していたのよね？　その人の電話番号教えて！」

一平は仕方なく安西留美子の連絡先を教えた。

一平も美優の話を聞いて、結城犯人説に自信が無くなってきた。

美優が安西留美子に電話をすると、留美子は美優の事を良く知っていて驚いた。

「野平って刑事さんに会って直ぐに判ったのですが、県警ではお会いしなかったので」と嬉しそうに言った。

美優は近日中に会いたいと話すと、東京はコロナ感染者が多いので、静岡の方が良いと言った。留美子は他に何か話したいことがある様に思えた。

その週の土曜日、新幹線静岡駅の改札で待ち合わせをした。

留美子は美優の顔をテレビとか雑誌で見たので直ぐに判ると言ったが、マスクをしているので判らないかもと思いながら不安な気持ちで待っていると、改札の向こうから大きく手を振り真っ直ぐに美優の処に来て挨拶をした。

「初めまして安西留美子と言います！」

美優は「遠路申し訳ありません！　早速ですが近くのレストランでお話を伺ってもよろしいでしょうか?」と近くのレストランに自分の車で案内した。

美優はコロナの事も考えて広々としたレイアウトのレストランに入った。

「私に会う為だけで来られたのでは有りませんよね?!」留美子の考えを見透かすように言う美優。

「は、はい！」

「亡くなった恵美の事が気になって、警察にお願いしたい事が有って来たのです」

「恵美さんの遺骨の事でしょう?」

「な、何故……判ったのですか?」

「留美子さんは吉山の家が恵美さんの遺骨を引き取らないと思って、恵美さんの実家に?」

「は、はい！　浮気した妻の遺骨を同じ墓に入れて貰える筈がないと思いました。だから実家のある北海道のお墓に入れてもらえればと。でも私、昔聞いた事が有るのですが、恵美は連れ子でお母さんが再婚したので、働ける様になってから東京に出て来たと！」

「じゃあお母さんは北海道にいらっしゃるのですね！」

「それが、恵美が東京に出た後直ぐに亡くなられたみたいです。死因は聞きませんでした」

「恵美とは長い付き合いですが、浮気で失踪する様な人では決して有りません！　それに伸二さんの事をすごく愛していましたから、それは断言します！」

「結婚式には北海道の家族は来られなかったのですか？」

「新婚旅行にお金を使うから、式と言っても互いの両親は呼ばずに質素に友人とか同僚を呼んでのパーティ形式でした」

「マンションの引っ越しについて何か聞いていませんか？」

「前のマンションには変な人が住んでいて、気持ちが悪いから無理して引っ越したって聞きました！」

「他に何か気になる事は有りませんか？」

「引っ越しをしたので、お金が必要だからパートを捜して直ぐにでも働こうと思っていると聞きました。勿論旦那さんの扶養の範囲内で、出来たら子供を育てながらでも働ける場所が良いと話していました。その様な事を話していた恵美が他に男の人がいたなんて考えられません！

半年も行方が判らず殺されるって」と泣き崩れた。

「ですね！　今の話を聞いている限り、浮気とかでの失踪は考えられませんね！」

「はい、警察でも恵美が男と失踪なんて考えられないと言ったのですが、課長さんには全く聞き入れて貰えませんでした」

「就職が決まったとかの話は聞かれましたか？」

「新婚旅行に行く恵美を空港に見送りに行った時、旅行は思い切り楽しんで帰ったら頑張って働くと言っていました」

「帰られてからは？」

「電話で伸二さんとのお惚気話を聞いたのが、確か彼女が新婚旅行から帰って東京のホテルで隔離されていた時でした。それが最後の電話となりました」

美優は、今日彼女に会って聞いた話は大きな成果だと思った。

十話

美優は留美子を警察まで送ると、そのまま自宅に戻って話を整理した。

ヨーロッパから帰国した人は、コロナ感染が有るか見極める為に、しばらくホテルに留め置かれて症状が無ければ順次自宅に帰った。

その後数日間は一応様子を見るように言われるが、症状が無い場合は普通の生活に戻れる。

吉山夫妻も成田空港の近くのホテルに二日間留め置かれたのだろう?

夫の吉山さんは、三月の二十一日には自宅に戻っていて、二十三日には出社し直ぐにアメリカ出張を頼まれた。

留美子の話では恵美が仕事を探していたのなら、求人誌かハローワークに行く筈だわ!

美優は二十三日からの一週間程度の間にハローワークに恵美が行った可能性を考えた。

もしもハローワークに行ったのなら、恵美の行動が見えてくる。


警察に入った留美子は、一平に恵美の家族の事を話し遺骨を北海道に帰して欲しいと頼んだ。

それは吉山家の墓には入れて貰えそうにないので、恵美が不憫に思い頼んだことだ。

だが、事件が解決しなければ茶毘に付す事が出来ないと一平は説明した。

留美子が美優に何を話したのかは、敢えて警察署では聞かなかった。

一平は留美子の話から、兄丸山芳正と恵美は腹違いの兄弟だと知った。

家族関係が複雑なので何の連絡も無かったと考えて、北海道の名寄警察に調べて貰う様に依頼をした。

美優は、吉山さんの住んでいたマンションから一番近いハローワーク捜して、答えて貰える筈も無いと思いながらも電話をかけた。

美優が自分の名前と要件を伝えると「野平刑事の奥様ですよね?! 名探偵の！ 私ファンなのです！ 本当は個人情報だからお教え出来ないのですが、捜査のお手伝いができるなら。何方の就職情報ですか?」

「実は先日梅ヶ島温泉付近で遺棄された女性が、三月にハローワークで就職の斡旋を受けてないか？ 受けていたのなら何処の会社を紹介されたのかを教えていただきたいのです。」

「えっ、あの全裸殺人事件の女性？ コロナ感染していたと書いて有りましたね！」

「はい、そちらに伺っているのは半年以上前だと思うのですが判りますか?」

「マイナンバー判りますか？ 判らないですよね！ 膨大な資料から名前だけで探すのは難しいかと……」

「名前は吉山恵美、調べて頂きたいのは三月二十三日と二十四日の二日だけで結構なのでお願いできませんか?」

美優は賭けに出た！

それはクリーン興業人の証言で、自宅の片付けが殆どされていなかったのと、冷蔵庫の品物が少ない事から、恵美は先に仕事を探して休みの日に伸二と片付け様と考えたのではと推理した。ハローワークに行ったのは、伸二が会社に行った二十三日か翌日の可能性が高いと思ったのだった。

「二日分なら調べて見ます！　携帯番号を教えて頂けますか？　わかり次第こちらから連絡します」

職員の森山康子は美優からの依頼で自分も探偵の気分になっていた。

美優は携帯番号を教えると、くれぐれも内密に調べて貰える様に頼んだ。

警察に知られると一平の立場が悪くなるので慎重になっていたのだ。

意外と早い時間に森山は電話をして来た。

「お待たせしました！　吉山恵美さん登録が有りました」

「いつでした？」

「二十三日の午後ですね！」

「それはハローワークに来られた日ですか、それとも仕事を紹介された日ですか？」

美優は次の言葉に期待を持っていた。

「ご紹介をしていますね！　面接にも行かれていますね！」

「葵区のナチュラルフーズという食品会社です！」

「採用されたのでしょうか？」

「それは判りませんね！　合否の知らせは空欄になっていますので、採用されたかどうかまでは判りません！　ちょっと待って下さい！」

パソコンを叩く音が電話口に聞こえる。

「ごめんなさい！　今ナチュラルフーズの履歴を調べると、四月の六日から四十六歳の別の女性が採用されていますから、彼女は勤めていませんね！」

「そうですか、勤めてないのですか？」

「ハローワークで紹介して二十五日の十一時に面接の予定を入れていますね！」

「面接に行ったのか？　断ったのか？　断られたのかまでは判らないのですね！ありがとうございました！　参考にします」

「頑張って犯人を見つけて下さい！　女性の敵ですからね！」

「犯人は男性だと思いますか？」

「はい！」

「理由は？」

「だって全裸にしているから、レイプでしょう？」

「身元が判らない様にした可能性が高いけれど、他の理由が有ればそれが有力かも知れないわね！　ありがとうございました！」

「お役に立てて嬉しいです！」

美優は明日、ナチュラルフーズに行って状況を尋ねる事にした。

夜一平が戻って「名寄の警察からの報告で、北海道に住む兄と連絡が取れ、問い合わせをしたところ、恵美さんは後妻に入った鈴子さんの子供で、兄の芳正さんは前妻の子供なので母親とは仲が悪く高校を卒業するとすぐに家を出て札幌に就職し実家には帰っていないようだった」

「複雑な家庭なのね！」

「その母親の鈴子さんも恵美さんが高校を卒業後に癌で亡くなっている！」

「父親は？」

「認知症が進み、兄の芳正さんが介護付きの老人ホームに入れたらしい。」

「七十八歳で奥さんが亡くなって急に呆けが進んだのね！」

一平が置いた用紙を見ながら言った。

「娘が死んだ事も判らないのだろう？」

「でも或る意味幸せかも知れないわね！　コロナに感染して全裸で遺棄されていたら、義理の父親でも耐えられないでしょう？」

二人の間に沈黙が続いた。

十一話

翌日美優はナチュラルフーズに向かって車を走らせていた。

一平には内緒で何か有力な情報を得たら話す事にしていた。

静内捜査一課長の耳に入ると、気分を悪くするのは確実なので内緒だ。

車のナビで探して行くといつの間にか会社の前を通り過ぎてしまっていた。

「あれ？　この辺りなのだけれど、それらしき建物が無いわ」

もう一度ナビを見ながら同じ場所に戻ったが見つからないので、路肩に車を停めて近所の人に尋ねる事にした。

道行の人に尋ねると大きな銀色のコンテナを指さして「この裏に入った処ですよ！」そう言って微笑んだ。

車をそのまま駐車してコンテナの横に入ると、バラック建ての薄汚い大きな建物があった。

右端に小さな扉が有るが、何処にもナチュラルフーズの看板は無い。

「食品会社にしては不潔な感じだわ」独り言を呟きながら扉を開けた。

中から肉を炊いた様な匂いと、油の匂いが美優の鼻に突き刺さる。

「お邪魔します！」と恐る恐る中に入った。人気がないので、そのまま細い通路を真っすぐに進んだ。突き当りに扉が有り、ドアノブを廻しながら再び「お邪魔します！」と小声で言いながら扉を開けた。

「はい！　どちら様でしょうか？」四十半ば眼鏡をかけた女性が美優を見るなり驚いた顔をした。

美優はまさに掃き溜めに鶴の様な雰囲気を醸し出していた。

「突然すみません。私、野平美優と申します。社長さんか人事担当の方はいらっしゃいませんか？　伺いたいことがあるのですが」

「の、のひら美優？　さん！　も、もしかしてあの名探偵の？」女性は興奮した声をだした。

「はい！」

「本物？　ですよね！　綺麗な方！」舞い上がっているこの女性の名前は西田洋子、四月から働いている。

「社長も専務も今は留守ですが、どの様なご用件でしょう？」

「こちらに半年前に面接に来られた方の事をお聞きしたくて伺いました」

「半年前に面接に？　それは私ですが何か？」

「多分貴女の前に面接に来られた方がいらっしゃると思うのですが？」と言った時に奥の扉が開いた
マスクにゴム製の前掛け姿の女性が「ジャガイモまだ来てない？　洗う準備しているのだけれど！」と言いながら入って来て、美優を見るなり「あっ、すみません！」と軽く会釈をした。

「安田さん！　貴女古株だからご存じないかしら？」

「な、なに……？　突然。何方？　どこかで見た様な……」美優を見ながら言った。

美優はマスクを外して顔が見えるようにした。自分を知っていたら何かが聞けると思ったからだった。

「この方、美優さんよ！　ワイドショーとか週刊誌で見たことあるでしょう？」

「えーーあの、あの刑事の奥さんで美人の……えーーーー」

会釈をしながら美優は「今お聞きしていたのは、この方の前にここに面接に来られた方がいらしたか伺いました」

「や、やっぱり！　もうそろそろ警察の方が来られるのでは？　と思っていました」

美優は身を乗り出す様に近付き「それはどういう意味ですか？」と尋ねた。

安田が小さな声で「女性が梅ヶ島温泉近くで殺された件でしょう？」と言った。

「ご存じなのですね?!」

「知っていると申しましてもここに来たのは二日間だけで、殆ど話したこともありませんし、名前も覚えていないくらいです」

「二日間だけ？　ここに勤められたのですか？」美優が確かめる様に言った。

「えー本当なの？」驚く西田洋子。

「西田さんが来る前に、事務として就職していたのよ！　確か木、金だけ来て土曜日から姿を見なかったので、勤めたのは二日間だけですね！　私たちは製造が立て込んでいたので土曜日も休みを返上して出勤しましたが、彼女は来ていませんでした」

「その二日間に何か変わった事は有りませんでしたか？」

「明るく仕事をされていましたよ！　二日間では変わった様子かどうかまでは私にはわかりません。職種も違いますし。長女の理子さんが事務の仕事を教えていましたね！　前職が食品会社だったようなので物覚えが良いと、褒めていましたよ！」

美優はすでに翌日の土、日に何か事件に巻き込まれたのでは？　と思った。

改めて事務所の中を見渡すと中は薄汚れた感じだが、空気清浄機に殺菌設備が設置されてコロナ対策が徹底されていた。

「凄いでしょう？　専務が四月からコロナ対策で設置したのよ！　ケチで有名なのにこの設備には驚きました。だから事務所は常に除菌されていますよ！　勿論製造の入り口にも除菌の設備が有りますよ！」

「何故？　吉山さんの事を警察に言わなかったのですか？」

「だって半年も前に二日間しか来ていなかった人なので……すみません！」軽く頭を下げる安田。

「その理子さんはどちらに？」

「コロナで六月から延期になっていた結婚式がやっと明日行われるので、今日から名古屋の方へ家族と一緒に行かれています。」

「社長は福田敦子さんですよね？」

「はい。でも実質は専務の高瀬が社長の仕事をしています」

美優はその意味はよくわからなかったが、経理をしている社長の長女の理子の結婚が決まっていたので事務員を増加したのだろうとは思った。

「ここではどの様な物を製造されているのですか？」

「コロッケ、ハンバーグを中心に中華物も作りますよ！」

「吉山さんにハンバーグを差し上げました？」

「専務が不正形の物を持って帰らせたかも知れません！　私も時々頂きますから」

これで冷蔵庫のハンバーグの謎が解けた。

それだけ聞くと、お礼を言ってナチュラルフーズを後にする事にした。

安田が見送りに出て来て「詳しい話は理子さんか専務に尋ねて下さい！　と言っても二日と面接の日に会っただけですから、何も判らないと思いますが」と話した。

木曜と金曜の二日で土曜と日曜が休み、その二日の間に何か事件に巻き込まれた？　美優はそのまま吉山の住んでいたマンションに向かう。

「近いのね！　自転車で十分位だわ！」美優は独り言を言うと、駐車場に車を止めて管理人室に向かった。

美優が挨拶をすると、大山と書いた名札が見える。

「管理人さんは大山さん一人ですか？」

「四人が交代で勤務していますよ！　もしかして有名な美優さんですか？」

大山が嬉しそうに美優の顔を見て言った。

十二話

「吉山さんの事件の捜査ですか？　私が知っている事は協力しますよ！」

　積極的な大山だった。

「大山さんは吉山恵美さんを何度かご覧になりましたか？」

「私は吉山さんの入居の引っ越しの時に立ち会いましたから、奥さんもよく知っていますよ！」

「じゃあ、他の管理人の方は恵美さんの事をよくご存じでは無い？」

「挨拶程度で、何処の誰かまでは判らないと思いますよ！　百五十世帯の方がいらっしゃいますからね！」

「各部屋にはここの前を通って行かなければ、入れない様になっているのですよね？」

「非常階段は有りますが、災害時以外はロックされていますので使われる方はいらっしゃいませんね！　訪ねてくる方は、部屋番号を入力して住人の許可がなければ扉は開きません。宅配便は大きさにもよりますが、部屋にここから業者が連絡して入りますね！　そして、ここには監視カメラも有りますから」

　大山は美優が尋ねていない事まで説明をしてくれた。

「吉山さんの奥さんを最後にご覧になったのはいつですか？」

「それが確かパートに行かれる日が最後だった気がしますね！　今日から近くにパートで働きに出ます！　と挨拶されて八時半過ぎに出掛けられましたね！」

「それは三月二十六日ですね！　ご主人もその日からアメリカに行かれたのですが、会われましたか？」

「いいえ、朝八時に交代しましたので、それより早い時間なら後藤さんが会われたかも知れませんが、新入りなので覚えて無いかも知れませんね！」

「大山さんの勤務時間は八時から何時までですか？」

「夜の八時です！　そういえば一時半頃にパートから戻られましたよ！　吉山さん！」

「一時半なら何処にも寄らずに帰られていますね！」

「コンビニの袋を持たれていたと思いますね！」

「よく覚えていらっしゃいますね！」

「はい！　ハンバーグを頂いたと言ってその袋から出されたのですよ！　勤め先で沢山貰ったけれど一人で食べきれないのでと頂きましたので覚えています」

美優は冷蔵庫のハンバーグは自分が食べた残りなのだろうと思った。

大山は、四月になって吉山さんを男性が尋ねて来たことがあったと話した。

その男性は結城の可能性が高い。それなら結城は犯人では無い！　失踪を知らずに尋ねて来た事になる。

警察では結城を犯人と決めつけ、証拠集めに力を入れているが本当に犯人なのか？　美優に大きな疑問が残った今日の聞き込みだった。

「自分が聞きに来た事は警察には内緒にお願いします」と言うと「わかりました。私は美優さんのファンですから、いつでも聞きに来て下さい！」と微笑みながら答えた。


美優は自宅に帰って結城の行動と、日時の関係を紙に書いてもう一度初めから検証をしてみた。

昔吉山伸二が住んでいたマンション（ルメール）に恵美さんが訪れたのが去年の秋位だと想定すると、結婚が決まる寸前になる。

吉山さんは、友達だった結城に恵美さんを紹介した。

その後、恵美さんが吉山さんのマンションを訪れた時、結城が恵美さんに手を出しそうになった事件が起こったのだろう？　その事が原因で当初は東京から吉山のところへ引っ越す予定を変更して、セキュリティーの有るマンション（クレストール）に引っ越した。

結城はそれでも執拗に捜して四月の半ばに恵美さんの住むマンションに来たと考えられる。

だが、結城がマンションを訪れる前に吉山さんはアメリカでコロナに感染、恵美さんは行方不明、若しくは失踪？　やはり犯人が結城とは考えられない。

一軒家なら様子を伺いに来る事が有るかも知れないが、百五十戸の大きなマンションに来ても人が多くて殺害などできないから意味は無いだろう？　誘拐殺害？　半年も経過しての殺害は変だ！

美優は犯人が別に存在するとの結論に達していた。

では誰が怪しいのか？　それは全く見当もつかなかった

直ぐに殺すなら恨みとかが考えられるが、自宅マンションから忽然消え半年経って殺されている。その間何が起こったのか？

クリーン興業が現状を残していたら、多少は手掛かりが有ったかもしれないが、今は何も残されていない。

静岡県警の懸命の捜査で結城と謎の女性が二泊する予定になっていたのが、湯河原の旅館湯河原館だった事が判明したのは翌日の夕方だった。

静岡県内に絞って捜査をしたが発見出来ずに、神奈川県に範囲を広げて九月十九、二十日が手違いで十九日だけに宿泊が変更になったカップルを捜していた。

宿泊予約には結城の名前を使わずに、鈴木正之と妻、恵美子と書かれていた。

梅乃島温泉では結城丈一で女性の名前は妻としか記載されていなかった。

静内捜査一課長は湯河原館の名前を見て「間違いない！　動かぬ証拠だ！　恵美子、恵美は殆ど同じだ！　退院を待って事情聴取！　逮捕は決まった！」事件解決に意気込みを見せた。


自宅に戻った一平は湯河原館の話をして、課長は結城の退院を待って逮捕に踏み切る様だと話した。

美優は「私は結城の犯行では無いと思うわ！　マンション（クレストール）に四月に入ってから様子を伺いに行った事実はどう考えても変だわ！」

「でも結城は恵美さんの様子ではなく、吉山さんの様子を見に行ったのではないかな？　アメリカでコロナにより亡くなった事を知らなければ、妻が居なくなってどの様な暮らしをしているのか調べに行ったのだよ！」

「それも変だわ！　結城は今も元のマンション（ルメール）に住んでいるのでしょう？」

「半年間一度も恵美さんを見た話は聞いてないのでしょう？　結城は四月に（クレストール）に行ったのは、恵美さんの住まいが判ったから様子を見に行ったのよ！」

「確かに、二人が三月に引っ越した後も同じマンションに住んでいる！」

「聞き込みでは恵美さんらしき女性と一緒に住んでいる形跡が無いのでしょう?」

「それは全く無い!　だが結城は時々長期に亘って留守にしているから、別の場所に二人で住んでいる可能性も有るだろう?」

「それは絶対に無いわ!　お金持ちなら二軒持てるけれど、彼には難しいでしょう?」

「あっ、そうか!　金銭面で難しいな!」

一平もその条件を言われると、反論が出来ない状況になった。

「すると、誤認逮捕か?」と一平が言うと大きく頷く美優だった。

十三話

ナチュラルフーズでは月曜日の早朝から、美優に会った話で事務所は盛り上がり、話をした安田と西田は有頂天になっていた。

社長の福田敦子と専務の高瀬が名古屋の結婚式から帰って来たので、自慢げに美優と会ったことを話した。

「ワイドショーとかに出ていた県警の刑事の奥さんが来たの?」驚く福田社長。

「どの様な事を聞きに来たのだ！」高瀬専務も興味を持って訪ねた。

「ハローワークの記録を見たら、この会社に吉山さんが面接に来たからだと言ってました」

「それだけか？」

「二日勤めて無断欠勤で辞めたって話をしました」

「二十六、二十七の二日来ただけだからな」

「給料払うにも銀行口座も判らないから給料を振り込んでないわ！　その事？」

「その事は何も聞きませんでした！　少しの間だけでしたから。でも美人だったわ！　ショートボブが決まっていて、女優さんでも充分通用するくらい」

「他に何を話した？」

「社長は名古屋に結婚式に行っていると、六月予定の結婚式がコロナで伸びていたからって話しました」

「納得して帰ったのだな！」高瀬専務は顔を強張らせて言った。

「多分納得されたと思いますよ！」

「変な殺人事件に巻き込まれたら面倒だから、今後は社長か私に直接聞いて欲しいと言いなさい！」

「大丈夫ですよ！　もう来ないと思いますよ！」

「それより美優さん！　この除菌設備には驚いていましたよ！」西田が微笑みながら言った。

「当然だ！　食品会社でコロナを出したら大変だからな！」高瀬専務が難しい顔をして言った。

夜遅く帰った一平に美優が「マンション（クレストール）での三月二十六日から二十九日何か変わった事は無かったの？」

「そんなに前の事は調べて無いと思うよ！」

「えっ、彼女の失踪はその日位なのよ！」

「四月から全国一斉に外出自粛になっただろう？」

時系列に書いた紙を見せる美優。

一月六日
中国 武漢で原因不明の肺炎 厚労省が注意喚起。

一月一四日
WHO 新型コロナウィルスを確認。

一月一六日
日本国内で初めて感染確認 武漢に渡航した中国籍の男性。

一月三〇日

WHO「国際的な緊急事態」を宣言。
二月三日
乗客の感染が確認されたクルーズ船 横浜港に入港。
二月一三日
国内で初めて感染者死亡 神奈川県に住む八〇代女性。
二月二七日
首相 全国すべての小中高校に臨時休校要請の考え公表。
三月二四日
東京五輪・パラリンピック 一年程度延期になる。
四月七日
七都府県に緊急事態宣言「人の接触 最低七割極力八割削減を」
四月一六日
「緊急事態宣言」全国に拡大 一三都道府県は「特定警戒都道府県」
五月四日
政府「緊急事態宣言」五月三一日まで延長。
五月一四日

政府 緊急事態宣言 三九県で解除 八都道府県は継続。

五月二五日

緊急事態の解除宣言 約一か月半ぶりに全国で解除。

「緊急事態宣言が出る前に恵美さんはマンションから消えていたと思うのよ！　三月末の行動を徹底的に調べるべきだわ！　四月に入ってから結城がマンション（クレストール）を訪れているのが、彼が犯人では無い証拠よ！　既に恵美さんはマンションには居なかったのだから」

「警察は違う犯人の足取りを追っていると？」

「前にも言ったじゃない。犯人は結城じゃない他にいると」

「じゃあ、結城と一緒だったマスクにサングラスで顔を見せない女は誰なのだ！」

「今の時代、誰でもマスクをしているわ、サングラスは余分だけれど、マスクをしていない方が白い目で見られるくらい。この時系列を見ても五月の末までは自粛だった！　最近は経済を動かす為にGOTOキャンペーンで旅行を勧めているけれどね、拡散必死よ！」

「恵美さんもコロナ感染、結城も同じ様にコロナ感染しているぞ！」

「一緒の女もコロナ感染しているわ！」

「だから恵美さんだろう？」

「じゃあ、結城はコロナ感染して亡くなった恵美さんと一晩以上過ごしたの？　検死では九月の二十三日には少なくとも二十四時間経過していたのよ！」

「二十二日の朝には死んでいる事になるな！」

「でしょう？　結城は死体と朝食を食べたの？」

「梅乃屋で確認してないかも？　明日至急確認するよ！」

「多分朝食を食べているわよ！」


だが翌日確認すると、朝食会場には結城一人が現われて、お連れの方は気分が悪いので朝食は召し上がっていないとの証言がとれた。

美優の予想は外れた。

美優は梅乃屋での朝食は部屋での食事と、食事処での食事が有る事をホームページで調べていた。

だが、一平の問い合わせに旅館の仲居は、そう言われたら二十二日の朝は一度もお連れの女性を見ていないと証言したのだ。

静内捜査一課長には有利な証言で、美優には不利な証言になっていた。

一平は敢えて美優が持つ疑問の話を捜査会議では言わなかった。

益々静内捜査一課長が勢い付くと危惧したからだ。

十四話

三月の末に既にマンションから姿を消していたのなら、結城は絶対に犯人では有り得ない。

美優は翌日再びマンション（クレストール）を訪れて、三月二十六日から二十九日までの不審な事がなかったかを尋ねることにした。

先日の大山と異なり志水という七十過ぎの男が応対をした。

「私は八月からこのマンションに来ていますので、三月の事は良く判りませんね！　管理記録なら保管されていると思いますよ！　管理人の日報、日記の様な物です！」

「ここに有るのですか？」

「大体一ヶ月分を纏めて警備会社に届けるのですよ！」

ＡＭＬ警備保障とガラス扉の端にシールが貼ってある。

「一般の方には見せて貰えませんね！」と微笑むと、一冊のノートを出して来て「別に書く事が無い場合はこの様に、異常なしと書くだけですよ！」そう言って笑った。

五十枚程の白紙の日報用紙を見せてくれた。

交代の時に書き終えると、署名と日時を書いて前日の日報の上に載せて綴じ一ヶ月分になると本社に送ると教えてくれた。

大山さんが今は一番古株で、七十五歳になると雇用が終了するらしい。

後藤さん、宮本さんを含めて自分の四人が交代で二十四時間、ここの管理人室に駐在していると話した。

「AML警備保障の静岡営業所は、静岡駅の新幹線側を南に車で五分程に在るビルの五階です。確か一階には銀行が入っていましたよ」

「ありがとうございました！」御礼を言うと、駄目元でAML警備保障に車を走らせた。

美優は一平に電話でAML警備保障に自分が行く事を電話して欲しいと頼み込んだ。

「おいおい、捜査をするなっていわれているだろう?」

「私は警察が誤認逮捕をしない様に、恥をかかない様に助けているのよ！　有り難いと思いなさい！」

「どうしても誤認逮捕って決めつけているね！」

「当然よ！　益々その方向に向っているわよ！」

「警察が既に調べているぞ！　それでも調べるのか?」

「調べたの？　何も出なかったの？」

「確か三月から八月分を調べたと思うよ！」

「それでも見落としがあるかもしれないでしょう？　兎に角連絡して頂戴！」

一平は美優が本格的に事件に首を突っ込んだと感じていた。

マンション（クレストール）の日報は白石達が調べて、全く何も変わった所が無いと報告があった。美優が調べたら何か出て来るのだろうか？　一平は疑心暗鬼でＡＭＬ警備保障に連絡をした。


美優が五階の事務所に入ると、営業所長の小田が笑顔で「事件の捜査に遂に真打ち登場ですね！　本当にお綺麗だ！　テレビで拝見するより実物ですね！」微笑みながら応対した。禿げた頭を左手で撫でながらカウンターに近づき、奥の応接に案内すると女子事務員に「お茶！　それからクレストールの日報持って来なさい！」矢継ぎ早に命じる。

「犯人の目星は付いたと刑事さんに聞きましたが、違うのですか？」

応接室に案内しながら美優に尋ねた。


しばらくして女子事務員が日報を六冊持って入って来た。

「ありがとうございます三月のだけ見せていただけますか？」

「これですね！」署長が一番上の日報を取上げて美優に差し出した。

「それでは拝見させて頂きます！」

ページをめくって二十六、二十七、二十八「あれ？　二十九日が有りませんよ！」

「えっ、そんなはずは無いと思いますが？」覗き込む小田所長。

「本当ですね！　三十、三十一になっていますね！」不思議そうに言う小田所長。

美優が署名のサインを見て「橋本信三さんって署名が有りますが？」

「橋本君は几帳面な男で日報が抜ける事は無いし、私も確認してマンションの会社に報告に行くので抜ける事は無い筈だが！」

「この日報を見たのは県警だけですか？」

「貸し出したのは静岡県警だけです。一週間程で戻って来たと思いますが」

「この橋本信三さんって方は、今は別のマンションに？」

「彼は三月の末で退職しましたよ！　定年の七十五歳になったのでね！」

「橋本さんの住所を教えて貰えませんか？」

「彼に直接聞かれるのですね。流石名探偵さんだ！」

事務員を呼んで橋本信三の住所を調べるように言った。

「警察で抜き取られたとしか考えられないな」

「警察には三月から何月までの日報を渡したのですか?」

「八月までですね!」と話した時、事務員が住所を書いたメモ用紙を持ってきて美優に渡した。

「近いですね! 清水なら……」

美優は日報を書いた本人なら何を書いたかを覚えているのではないかと思って警備会社を後にし、橋本の家に向かった。

美優が出ていくと小田所長が事務員に「二十九日の日で何か重要な事が書いて有ったか? 殺人とかに関連する様な事?」と尋ねた。

「普段どおりで、何も重要な事は無かったと思いますが、橋本さんは几帳面だったから、だれがどこの部屋に訪ねてきたかを全て記録してありましたね」

「そうだったな! 一度この様な事は書かないで良いと言った記憶が有る。今どうしているのだろう? 彼奥さんを亡くして娘さんを嫁がせたから、家に居ても暇だって話していたよな!」

小田所長達は橋本の事を思い出していた。

美優はメモに書かれた住所に到着して自宅を捜すが、橋本の表札の家は何処にも見当たらない。

　近所の家に聞いてみた。

「この辺りに橋本信三さんのお宅が在ると思うのですが？」

「橋本さんなら、この裏の家だったけれど五月に売り払って老人ホームに入られましたよ！」

「老人ホームですか？　何処の老人ホームか判りますか？」

「百寿会って温泉の付いた老人ホームです。伊東温泉の近くですよ！　奥さんを数年前に亡くされ、娘さん二人は嫁がれたから老人ホームの方が気楽だと言われていました！」

「百寿会？」美優は何処かで聞いた記憶が残っていたが、直ぐには思い出せなかった。

　今日は一度帰って明日にでも百寿会に行こうと、自宅に車を走らせたが何故か胸騒ぎがしていた。

十五話

　自宅に戻った美優は胸騒ぎが収まらず、パソコンを開いて百寿会の記事を捜した。

　美優は顔から血の気が引くのが自分でも感じられる程驚いた。

六月、伊東温泉近くの百寿会老人ホームでコロナのクラスター発生、入居の老人八十五名がコロナ感染と書かれていた。

美優の胸騒ぎはこの記事を読んだ記憶だった。

「もしかして、……」

別の関連記事を読み始める美優は『二十名近い老人がコロナで重篤化し、数名が死亡』の記事が目に入った。

直ぐに百寿会老人ホームに電話をして確かめた。

「この度は誠に申し訳ありませんでした」家族か親戚だと思ったのか丁寧に謝り「言い訳にはなりますが、橋本様は糖尿病の持病が有りまして重篤化し易かったと……」

美優の耳には、橋本の声が途中から遠くに聞こえて、何を話しているのか判らない程だった。

手掛かりが途切れたショックは大きかった。

三月二十九日の日曜日に橋本さんが気になる事を書き残していたと思った。

それ程重要な事では無く、普通に読むと流してしまう様な内容だったのだろう？　だから誰も気付かず今日を迎えている。

ではその二十九日の日報を誰が抜き取ったのか？　警察内部の人間？

警察内部に犯人と通じている人物が居たら、厄介な事になると美優は考え込んだ。

夜遅く帰った一平に日報の話をすると、確かに参考資料としてAML警備保障から日報は持ち帰っていたが事件につながるような事が無かったので、直ぐに返却したと思うと答えた。

「日報を書いた橋本さん、百寿会老人ホームに五月から入居していたのだけれど、六月にコロナ感染で亡くなっていたのよ！　だから何が書かれていたのか判らないのよ！」

「その日は重要なのか？」

「恵美さんがナチュラルフーズに勤めたのが、二十六日からで二十八、二十九日は休みだったのよ！　その二十九日の日報が無くなっているって偶然にしても変でしょう？」

「月曜日から欠勤だよね！　携帯も未だに発見されていない！　通話記録もそのナチュラルフーズが最後だった！　専務の高瀬さんに転送された様だ！」

「それは何日？」

「二十九日の夜だったので問い合わせをしたら、明日急に用事が出来たので休みたいとの連絡だった！　と専務が答えたよ！　警察も徐々に裏付け捜査を進めているんだ！」

「携帯の通話記録で他に不審な事は無いの？」

「友人とか元の会社関係だったな！　殆ど安西瑠美子さんか、御主人の伸二さんが多かった！

三ヶ月前の一月の初めまで遡ったが不審な相手は無かった！」

「ナチュラルフーズとは何度位？」

「二回だな！　反対に着信は一度だけだから合否の電話だろう？」

「じゃあ、その急用が問題なのね！」

「でもな！　半年も前の彼女の行動に疑問が有るとは思えないよ！　美優が言うから昔の通話記録を取り寄せてナチュラルフーズにも問い合わせたが、迷惑そうだったよ！」

「でも不思議だと思わない？　半年間の行動が全く判らないのでしょう？　通話記録も無いなんて！　まるで神隠しにでも遭った様によ！」

「三月三十日にどの様な急用が有ったのだろう？」

「結城が恵美さんと一緒の所は誰も見てないのでしょう？」

「でも背格好とか髪型は恵美さんと似ていたと、梅ヶ島温泉の仲居も湯河原温泉の仲居も証言している。特に湯河原館では恵美子と似ている名前を使っている！　もう課長は一週間後に逮捕だと決めているよ！」

「でもそれは結城が咄嗟に恵美さんの名前を思い出して、恵美子と書いたのかも知れないわよ！」

美優はあくまでも結城が恵美さんと一緒で無いと主張した。

翌日、美優はマンション（クレストール）に再び向って車を走らせた。

この日は大山の出勤日になっていたので、今最古参の大山なら何か聞いている気がした。

「よく来られますね！　今日は何でしょうか？」笑顔で美優を迎えた。

「三月で退職された橋本さんの事でお聞きしたいのですが？」

「橋本さんですか？　几帳面な方でしたね！」

「橋本さんの前職は何をされていたのでしょうか？」

「公務員だと聞いています！」

「三月に定年で辞められていますが、何か変わった事を言われませんでしたか？」

「変わった事？」

「丁度三月の末ですが？」

「……」何か無いか思い出そうと考える大山。

しばらく考えて「挨拶の時、最後に昔お世話になった知り合いに会えて嬉しかった！　って話しましたね！」

「知り合いに会えた？」

「多分このマンションに橋本さんの知り合いが、何かの用事でいらっしゃって会われたのでしょうね！　その事位しか思い当たりませんね！」

「最後にって事は三月の終わり近くに会ったって事ですね！」

「それがあの吉山さんの事件に関係しているのですか？」

「確かな事は判りませんが、三月二十九日の日報だけが無くなっているのです！」

「えっ、その日だけ？　几帳面な橋本さんが書いてない筈は有りませんよ！」

「所長の小田さんも自分が見た時は有ったと言われていました」

「何処かで抜き取られたのですね！」

「今の大山さんのお話で、その日報には懐かしさの余り会った人の名前が書いて有ったか、それに準ずる様な文章が有ったのだと思います！」

「日報は何処で無くなったのですか？」

「それは判りません。橋本さんは警察関係のお知り合いは？　元警察官とか？」

「違いますよ！　多分役所関係の仕事の方だと思いますよ！　警察関係の話は聞いた事有りませんよ。手っ取り早く本人に尋ねたら如何ですか？　多分何処かの老人ホームに入られていると思いますよ！」

「それが……もう尋ねる事は出来ないのです！」

「どうしてですか？」

「既に亡くなられていました！」

「えーーーーーー」大山は言葉を失ってしまった。

十六話

美優は大山に橋本さんが百寿会老人ホームでのコロナ集団感染で亡くなった事を伝えると、大山は暫し上を向いて涙を堪えていた。

「元気だったのに、もう直ぐ三人目の孫が生まれると喜んでいたのに、人の運命は判りませんね！　吉山さん夫婦もコロナで亡くなったのでしょう？　こんな怖い病原菌を誰がまき散らしたのでしょうね！　人が作ったってテレビで言っていましたね！　自然界では絶対に出来ない細菌だと！」大山は噛みしめる様に言った。

「三月二十九日に何があったのでしょう？　橋本さんの知り合いに関係があると思っているのですが」

美優は日報の内容を知ることで犯人に近付けると思っていたが、橋本さんの死でそれがかなわなかった。

三月二十九日に橋本さんがここで知人に会った事と、吉山恵美さんが失踪した事が結びつくのだろうか？

美優の頭の中では二人の関係を結び付けて考えてみるが、もしかして、強引なのでは？　とも思えてきた。

だが、静岡県警関係の人が日報を盗み取ったとすれば、何か重大な事が書かれていた事になる。

橋本さんが生きていれば、何が書かれていたか判ってしまうと思うに違いない。

橋本さんのことを調べて亡くなったことをすでに知っていた可能性が高い。

九月の吉山さんの事件が発覚するまでは二十九日の日報が存在していた。事件後に日報が抜き取られていると考えれば、百寿会老人ホームの橋本さんに最近、問い合わせをした人物が存在する筈だ。

車を運転しながら色々考える美優は、急遽車を百寿会老人ホームに向かって走らせた。

「み、美優さんですよね?!　ご家族の方か、ご親戚の方が入所されているのですか?」

「いいえ、少しお尋ねしたい事がございまして」

「何かの事件ですか?」

「はい、梅ヶ島温泉の事件の事です！」

「私共の老人ホームに事件に関係の人が?」

「そうではないのですが。コロナ感染で亡くなられた橋本さんの事を家族の方以外で最近問い合わせが有りませんでしたか?」

「最近ですか？　亡くなられた時は娘さんと家族の方が来られていましたが、最近は誰も橋本さんの事を聞きに来られ人はいませんね！」

「警察関係からは？」

「有りませんね！　橋本さんと事件はどの様な関係があるのですか？」

「殺された吉山恵美さんが住んでいたマンションの管理をされていたのです。そして橋本さんが彼女を最後に見た方かも知れないのです」

「入所されてから家族以外の方が尋ねて来られた事は有りませんか？」

「無いと思いますが他の職員にも聞いてみますので、何か判れば連絡致します」

美優は伊東迄車で走って来たのに、何も成果が得られなかったと落胆し老人ホームを後にした。


再び車を運転しながら、色々と考え始める。

警察関係者から誰からも問い合わせも無かった。既に橋本さんが亡くなった事を知っていたのか？　でも新聞には中々名前まで公表はされていないので、問い合わせをしなければ判らないと思った。

日報を抜き取った人物はどの様にして橋本さんの死を知ったのか？

夕方、日が暮れて自宅マンションに帰ると、久美が美加を連れて来た。

「何か掴めましたか？」

「いつも美加の面倒を見て貰ってありがとう。際立った成果は無かったわ」

「もう直ぐ、結城が退院になりますね！　もし一緒だった女性が恵美さんでは無かったら、その女性もコロナに感染していますよね！」

「そうよね！　濃厚接触だから確実にコロナに感染しているわね！　でもそれらしき女性は発見されていないわね。静内捜査一課長は恵美さんが結城の同伴者だと決めつけているから、探して無いのかも？」

美優は紙に事件の経緯を書き始めた。
①九月二十二日の夜、梅ヶ島温泉近くに全裸の恵美さんが遺棄された。
②コロナに感染していたが、直接の死因は一酸化炭素中毒死。
③吉山恵美さんのご主人は、アメリカにてコロナ感染で四月中旬に死亡。
④恵美さんは三月二十四日にナチュラルフーズに面接に行った。
⑤二十六日からナチュラルフーズに午後一時までのパートの事務で勤務。
⑥二十六、二十七日の二日働いて、二十九日の夜急用で三十日休みたいと連絡。
⑦二十九日の夜、管理人の橋本さんが知り合いに会ったと日報に記載か？

⑧その日報は静岡県警の内部で抜き取られていた。
⑨橋本さんの知り合いと事件の関連は不明。
⑩橋本さんは六月に老人ホームのコロナ感染で死亡。
⑪結城さんは元のマンション（ルメール）で吉山さんと友好が有った。
⑫結城は紹介された恵美さんに興味を持った。
⑬その後も転居先に様子を伺いに行ったが、四月の半ばも行った経緯がある。
⑭恵美さんは妊娠していたので、男性が居る事は確定？
⑮恵美さんの半年間の行動が全く不明、友人にも連絡が無い、携帯も切れていた。
⑯何故全裸なのか？　遺棄するのに身元の発見を遅らせる為？　他の理由？

美優は書きながら「妊娠していたのだから、何処かで男と暮らしていたの？」と呟いた。

久美が「レイプでも妊娠するわよ！」と言ったが、身体には暴行等の形跡は無い。

美優は誤認逮捕の阻止を考えて行動していたが、現時点では覆すだけの手立ても確証も無いと思った。

今の流れで結城が退院すれば、取り調べから逮捕になるのだろうが、本人は身に覚えが無いので否認するのは確実だ。

結城に対して、数日後病院内での取り調べの許可が出て佐山、伊藤、白石、堀田の四人が静岡中央病院に向かった。

病院の話では一般病棟で一週間程経過を見てから、退院になるのだが警察が急いでいるので特別に面会を許された。

美優にも百寿会から橋本さんについての問い合わせは無かったとの連絡が有った。

十七話

「静岡県警の方がお揃いで何でしょうか?」開口一番怪訝な顔で尋ねる結城。

「吉山恵美さんを知っているだろう?」

「……ああ」

「お前との関係は?」

「知り合いって関係かな?　どの様に言えば良いのだろう?」

「何故、吉山恵美さんを殺した?」

「えっ、彼女死んだの?　それも殺されたの?　誰に?」

「お前だ！」

「違います‼　最近会った事も無いのに、なぜ俺が？」

「梅ヶ島温泉の梅乃屋に泊まって、吉山さんを殺害後二十二日の夜死体を遺棄しただろう？」

「おい、おい！　コロナで頭変になっても殺しは無いだろう？」

その後も押し問答が続くが、警察にも決め手が無いので半時間の取り調べ時間が終わってしまった。


「事件の事を全く知らない様子でしたね」伊藤刑事が言った。

「白ですね！」

取り調べが終わって病院を後にした四人の意見は一致していた。

刑事が帰った後、携帯を見た結城の顔色が一気に青ざめた。

「先程の刑事をもう一度呼んで貰えないか？」看護師に急に頼み込んだ。

「静岡県警の刑事を呼ぶの？」

「そ、そうだ！　俺が犯人だと言って呼び戻して欲しい！」

「えっ、結城さんが……」担当の看護師が驚いて、ナースセンターに走り込んで行った。

県警に戻った佐山係長が「一課長！　結城は白ですよ！」と言うと静内課長が「佐山係長！　直ぐに静岡中央病院に戻ってくれ！」と返してきた。

「どうされたのですか?」

「結城が犯行を認めた！　自供したいから刑事を呼び戻して欲しいと、本人からの訴えがあったと病院から言ってきた」

「えー！　うそでしょう?!」驚く佐山係長。

遅れて入って来た伊藤も状況が理解出来ない。

四人は再び静岡中央病院に逆戻りを余儀なくされた。

「急に自白って、変ですね！」

「先程の取り調べでは完全に白だった！　吉山恵美さんが殺された事実は全く知らなかった！」

「初めて聞いて驚いたって顔でしたよね！　嘘をついているようには見えませんでした！」

四人全員、結城の自白に違和感を持ったまま病院へと向かった。

四人が病院に向かった頃県警には新たな事件の一報が飛び込んで、捜査員が現場に急行していた。

安倍川の上流で若い女性の水死体が発見されたのだ。

静岡県静岡市葵区および駿河区を流れる河川で一級水系安倍川の本流である。

清流としても有名で、その伏流水は静岡市の水道水にも使われている。

大河川でありながら本流・支流にひとつもダムが無い珍しい川だ。

「野平主任！　安部川の上流には梅ヶ島温泉が有りますよ！」

「吉山恵美の事件と関連が有るかも知れないな！」

「コロナ感染の可能性も有るので、防護服を着ての捜査にしましょう」

「これ以上コロナの事件は勘弁して欲しいな！」


その頃、静岡中央病院に到着して再び結城に会うと「刑事さん！　すみませんでした！　私が恵美を殺しました！　逮捕して下さい！」先程とは全く違う悲壮な顔をして訴えた。

「コロナに感染したので殺しました！　高熱が出て病院に行くにも身元を調べられるので……」

「何処に死体を遺棄したのだ！」

「梅ヶ島温泉の外れの道から転がして捨てました！」

「何故全裸にしたのだ！」

「身元が判らない様にする為です！」

「いつ彼女と一緒に行動をする様になったのだ？　お前のマンションに住んでいた形跡は無いのだが？」

「し、四月の中頃です！　マンション（クレストール）から呼び出しました！」

結城の供述は新聞に載った記事かネットの受け売りで、細かな質問をすると覚えて無いと連発した。

一時間の取り調べを終えて帰ろうとすると「早く逮捕して下さい！」と懇願してきた。

一方、一平達が向かった安部川上流では
「上流で殺害されて投げ込まれていますね！　解剖しないとはっきりしたことは言えませんが、死後一日くらいだと思います」と検視官が言った。

遺体は、コロナ感染を疑いながら、解剖の為運ばれて行った。

「名前は金本由紀代、二十八歳！　一緒に投げ込まれたバッグの中に免許証がありました」

「水商売の女性の様に見えますね！」

「身元が判っているので比較的簡単に犯人が判るだろう！」

「一応近くの旅館に宿泊していなかったか、聞き込みをしてくれ！」

一斉に捜査員達が温泉旅館に聞き込みに散った。

金本由紀代の事件は直ぐにマスコミで流れた。その後東京銀座のクラブ（ジャック）のホステスだと判明した。

結城は、その後も取り調べに対しての答えには曖昧な部分が多く、佐山係長は自白そのものに疑問が多いと静内捜査一課長に報告をした。

だが静内は「結城が犯人でなければ、だれが犯人なんだ！」と逆切れをするのだった。

十八話

静岡県警は二つの班に分かれて事件の捜査に当たる事になり、金本由紀代の事件は住いが東京のため警視庁との合同捜査になった。

一平は由紀代の事件の担当になり、東京と静岡の往復になった。

一平の班には十名の捜査員が振り分けられた。

十月二十日に結城の退院が決まったと病院から連絡が届き、本格的な取り調べが出来ると静内捜査一課長は喜んだ。

病院では一時間と決められているので、中々先に進まないと苛立っていたのだ。

警視庁の捜査班は、東京のクラブ（ジャック）の事情聴取で、由紀代の客のリストを手に入れた。そして、由紀代が九月の初めから欠勤している理由が客とのトラブルではないか？　と店のママの証言を得た。

同僚のホステスの真希は、由紀代は銀座に来る前に静岡のスナックで働いていた様で、九月の初めにその時からの客が由紀代を捜し当ててお店に来たと話した。その客は、暴力団関係の様に見えたが複雑な様子だったと話した。

その客が尋ねて来た翌日から、由紀代は欠勤しその男は、その後は一度も来なかった。

一平達は静岡のスナック探しが翌日から始まった。

由紀代の顔写真を持って、静岡のスナックを虱潰しに探す根気の要る捜査が始まった。

由紀代が誰に殺害されたのか？　わざわざ身元の判る物を残したのには何か理由が有ると、一平の話を聞いた美優は言った。

安倍川の上流、梅ヶ島温泉の近くに投げ込まれた事も、美優には吉山恵美の事件との関連が有る様に思わせたかったのかも知れないと思った。

静岡中央病院から県警に人相の悪い男が毎日数人やって来ると通報が届いた。刑事が病院に急行すると、男たちは蜘蛛の子を散らす様に消えていた。

その日から病院の警備を厳重にすると男たちは姿を見せなくなった。

「暴力団関連の人が入院しているのか？」

刑事が緊急で病院に向かい入院患者のリストを調べたが、それらしい人物の入院は確かめられない。

四課が防犯カメラの映像を分析したところ、その男らは暴力団銀龍会の構成員だということが分かった。

だが病院に来ていただけでは検挙が出来ない。

「病院に暴力団が？　それって誰かに会う為か見張りでしょうね！」一平の話に答える美優。

「四課の調べでは暴力団関係の入院患者はいなかったよ！」

「私が気になるのは結城丈一よ！　彼を見張っていたるのでは？」

「何故？　静岡の飲み屋の従業員で、それまでは大手のファミレスの店長だよ！　関係無いと思うけどな！」

「亡くなった由紀代さんとの接点は無いの？」

「年齢も違うし、静岡が地元って事位だよ！　それに結城は恵美さん殺しを自白しているからもう直ぐ警察に収監される。そんな男を見張っても仕方無いだろう？」

「でも銀座のクラブに暴力団風の男が尋ねて来て、一か月以上経過して安部川上流で由紀代さんが殺された！　結城との共通点は安部川上流と静岡が地元！」

「二人に接点が無いか調べたの？」

「それは調べていないよ！　全く異なる事件だと一課長も話している！」

「議題には上がったのね！」

「殺害の場所が近いので一応関連を考えたが、課長の鶴の一声で別の事件になった！」

「じゃあ、私が調べるわ！　一平のお母さんに来て貰って、両方の事件を解決するには家事をする時間はなくなるわ」

「えーーー課長に叱られるよ！」

「誤認逮捕して恥をかくのは課長よ！　感謝しなさい！」美優が威張った様に胸を張った。

結局誤認逮捕に脅かされて、渋々翌朝一平は母親に電話をした。

一平の母が家事と美加の面倒を見に来てくれた日は、結城の病院から警察への移動日に重なっていた。

一平も連日の様にスナックを巡り、由紀代の以前勤めていた店の割り出しに力を入れていた。

『一年以上前は夜の世界では十年と或る』と店のママが言った様に、由紀代のいた店は中々見つからない。

勿論結城の勤めていたクラブも最初に調べて全く関連が無いと判っているが、そもそも由紀代が静岡で勤めていた時は、結城はファミレスの店長で全く夜の街とは関連が無かった。


病院から連行された結城は一貫して、吉山恵美さんの殺害したのは自分だと言い張るが、肝心のマンション（クレストール）からどの様にして誘い出したか？　日時はいつなのか？　の質問には曖昧ではっきりしなかった。

吉山夫妻が新婚旅行中にマンション（クレストール）に様子を見に行った。四月の半ばに恵美さんを連れ出したと供述したが、管理人の話と大きく食い違う。

静内捜査一課長は犯人が結城以外に存在しない！　曖昧な供述をしているのはコロナに感染して、記憶障害を起こしているのだ！　時間をかけて聞き出せと捜査員に指示した。

一平にはもう一つ確かめなければならない事があったが、外回りが増えて中々調べられない状況が続いていた。

誰が橋本さんの日報を抜き取ったのか？　その人物を突き止めることができれば真犯人にたどり着けるかもしれないことだ。

県警内部に吉山恵美さん殺害の犯人が存在するとは考えられないが、犯人に協力している人物が居る可能性は捨てきれないのだ。

二つの殺人に関連が有るのなら、それは一体何処で繋がるのか？　一平は複雑な事件に頭を抱えた。

十九話

一平の調べでは日報を見たのは、堀田、白石の二人の刑事と佐山係長、静内捜査一課長は机の上に置いていたが多分見ていないと思われた。

それ以外にでも捜査一課の人は誰でも見る事が出来る機会は存在したと考えられるので、特定することは難しかった。

結城が警察に連行された日から美優も本格的に動き出して、一番の疑問点である結城と由紀代の接点を捜し始めた。

一平から貰った結城と由紀代の資料を頼りにそれぞれが生まれた町に向かった。

結城は島田市生まれ、金本由紀代は富士宮市で同じ静岡県でも全く異なる。

確かに何処にも共通点は見つから無いが、取り敢えず聞き込みに美優は向かった。

何か勘の様なものが働き、二人の関係に何かが有る様な気がしていたのだ。

県警では結城逮捕の様相だが、美優は完全に誤認逮捕になるので避けたいと思っていた。

では何故急に結城が自白したのだろう？

金本由紀代の報道が出る前に自白しているので関連性は無いと一平は言ったが？　暴力団の男が結城の入院していた病院に現れたのは確かだし、由紀代が銀座のクラブから消えたのも暴力団の男が来た事がきっかけだ。

必ず二つの出来事は関連が有ると美優は考えていた。

では吉山恵美の事件は？　犯人は？　なぜ吉山恵美は殺されなければならなかったのか？

美優には理由が判らない事件だった。

誰も犯人らしき人物が存在しないのが、吉山恵美事件の大きな特徴だと思った。

少なくとも全裸で梅ヶ島温泉近くに遺棄されたのだから、男か？　だが何処かに拉致監禁されていたら性交の遍歴が多い筈だが、受精卵がようやく着床した状態で性交は多くないとの解剖結果が出ている。

受精卵でもＤＮＡ鑑定は出来るのだろうか？　結城の子供なら確実に犯人だが、違った場合は？

その様な事を考えながら車を走らせていると島田市の結城の実家に到着した。

既に父親は結城が二十五歳の時癌で亡くなっており、実家には母親と結城の弟夫婦が暮らしていた。

「丈一は父親のお葬式依頼一度も帰って来ていません！　何処で何をしているのか？　ファミレスの店長をしているのは風の便りで聞きましたが、兄弟の仲が悪くて音信不通なのですよ！」六十歳位の母親が美優に答えた。

「この女性の事はご存じ有りませんか？」

美優は金本由紀代と吉山恵美二枚の写真を差し出した。

「見た事ありません！　息子が何かしたのですか？　有名な探偵さんが来られるのですから、何かしたのですよね！」

母親は美優の事をテレビで見て知っていた。

「実はある事件で息子さんが容疑者になっています、私は何もしていないと信じています！

今日訪問させて頂いたのはその事を証明する為です！」

「いい加減な息子ですが、人様の物を盗んだり人を殺めたりは絶対にしません！　いや出来ない子です！」

「判りました！　お母様の話を聞いて確信しました！」

「お願いします！　名探偵で名高い美優さんがその様に言って下されば心強いです！」

「丈一はどの様な事件に関わっているのですか？」

「梅ヶ島温泉の全裸殺人事件の犯人だと自白したのです！」

「あの事件の犯人？　この写真の女性を？」もう一度写真を見た母親は薄ら笑いを浮かべて「あの子が女の人を殺して裸にして棄てるなんて事、出来ませんよ！　それにこの女の人はあの子の好みのタイプに近いから、大事にする事は有っても殺す事は無いです！」

「では何故自白をしたのでしょう？」

「誰かを助ける為か、逃げる為かも。子供の頃、悪餓鬼に虐められて、警察に万引きをしたと自分から行った事が有りました！　当時虐めは今ほど問題にはなりませんでしたからそうするしかできなかった弱い子なので」

面白い話を聞けた美優は、必ず無実を立証すると言って実家を後にした。

母親は最後に涙を流して美優に息子を託した。

次に、美優は富士宮市に向かって車を走らせた。

何か結城と金本由紀代の関係が見つかる事を祈っていた。

結城が急に犯行を自白自供したのは暴力団絡みなのかもしれない？

美優は先程の母親の話から連想すると、結城は警察に一時的に逃げ込む為に自白をしたのでは？　と思った。

金本由紀代を殺害したのは暴力団？　動機は？　何故梅ヶ島温泉近くなの？

もしかして、結城は恵美さんと泊まったのではなくて、由紀代さんと泊まっていた？

でも、結城はコロナに感染していて由紀代さんが感染していないのは変だな？

温泉で二人一緒に泊まっていたら、当然感染する筈だけれど？

色々な事を考えながら富士宮の金本由紀代が生まれた場所に到着した美優。

住宅街の高台からは富士山が遠くに見えて、富士宮の地名の由来が判る。

金本由紀代の実家はすでになかったので、近所にある数軒の家に入って金本さんの事を尋ねた。五軒目でやっとお婆さんが知っていて、テレビのニュースで知って驚いたと話した。

最近梅ヶ島温泉で事件が多発しているが何か関連が有るのでしょうか？　と逆に質問された。

先月の二十二日深夜、吉山恵美さんが全裸で遺棄されて、今月の十六日に殺害で発見された金本由紀代さん！　この微妙な日数の間に何が起こったのか？　美優も考えていた。

そして、金本さんは姉妹で亡くなったのは妹さんの方だと話した。

美優も姉妹の妹の方が亡くなった事は手元に持っている資料で知っていた。

だが、家族の誰とも連絡がつかず警察でも捜しているのが現状だった。

突然お婆さんが「金本さんのお爺さんは韓国の人で、由紀代さんは在日韓国人三世になるのよ！　もしかしたら両親は韓国に帰られたのかも知れませんよ！」

「そうなのですか？　妹さんだけが日本に残った？」

「昔は姉妹でアルバイトをしていましたね！」

「どんなバイトをしていたのですか？」

「お姉さんが飲食店のバイトを長い間していたと思いますよ！」

「ファミレスですか？」と尋ねたが老婆は詳しくは知らないと答えた。

富士宮から結城の勤めていたファミレスは遠すぎて、バイトの距離では無いと思った美優だがそこに関連が有る様な気がした。

二十話

車を走らせる美優の目に結城の勤めていたファミレスの看板が見えた。

この店は営業しているらしいが、結城の店を含む多くの店が閉店に追い込まれたのは春の終わりだった。

美優は大きくハンドルを切って、そのファミレス（シーク）に車を乗り入れた。

午後の暇な時間で駐車場には車が一台しか止まっていない。

コロナの影響は飲食店を直撃した事は確かで、このファミレスも全国で二百店舗の廃業を八月までに完了した筈だ。

この店が残っているのは売り上げが良かったのだろう？　でも今店内にいる客は二組だけだった。

テーブルに案内されると、ウエイトレスが美優の顔を何度も見る。

多分自分の事を知っているのだと思った。

マスコミに二三度出ると知名度は上がるので、便利な時と迷惑な時が有る。

今日は便利な時かも知れないと思って席に座ってマスクを外した。

「あっ、やっぱり美優さんですよね！」急に笑顔のなったウエイトレスが確かめる様に言った。

「貴女このお店長いの？」

「は、はい！」緊張して答える女性は名札に（依田）と書いてあった。

「沢山の店舗が閉店しちゃったわね！」

「この店は売り上げ良かったので対象から外れました！」

「取り敢えずコーヒー貰えますか？　それから少し話を聞きたいので、店長に許可を貰いたいのですが？」

「は、はい！　店長を呼んで来ます！」

「貴女で良いのよ！　何年勤めているの？」

「五年になります！　店長の方が新しいでしょう？」

「よくご存じですね！　店長は閉店した名古屋の店から先月転勤して来ました」

依田は嬉しそうに厨房に急ぎ足で向かった。


しばらくして、コーヒーをお盆に乗せて依田が戻ってきた。

「店長に許可をもらいました。何をお答えすれば良いですか？」

「ありがとう！　ここに金本さんという方が働いていましたか？」

「えっ、やっぱり妹さんだったのね！」驚きながら言った。

「知っていたの？」

「ニュースで見た時、妹さんかなって思ったけれど、もう随分会って無かったから自信が無かったのです」

「お姉さんとは何年前まで一緒に暮らしていたのかご存知ですか??」

「もう四年前になりますね！　お姉さんと両親が韓国に帰られて、妹さんが残られたと思います！」

「どうして妹さんは残られたの？」

「多分恋人が居たからだと思います！」

「話は変わるけれど、静岡市内の葵店は閉店になりましたよね！　その店の店長で結城さんって知っていますか？」

「ええ、結城店長さん！　店の従業員がリストラを言い渡されて、結城店長は自分が辞めるから他の従業員を残して欲しいと会社側に頼んだそうです！　自分から退職されたのですよ！すごく良い方です！」

「素晴らしい人ですね！　でも何故結城店長を知っているの？　離れているのに？」

「年に一度慰安旅行が全国五地区に分かれて行われるのです。それで何度かお会いしました」

「じゃあ、金本さんも一緒に？」

「はい！　二回程は一緒に行ったと思います！」

「二人がお付き合いをしていたとか？」

「それは無かったと思いますね！　沙紀代には韓国人の恋人が居ましたから、その彼も一緒に韓国へ帰りましたよ！」

「妹さんはこの店で働いたのですか？」

「いいえ、ここでは一度も働いていませんよ！」

「妹さんとは面識が有りますか？」

「一度沙紀代を迎えに来た時に会いましたね！」

「お姉さんの連絡先判りますか？　実は妹さんの遺体の引き取りが無いので警察でも困っているのですよ！」

「自宅に一度手紙が届いたので、調べて連絡します！」

美優はコーヒーを飲みながら、その後は雑談をして他にも何か依田が思い出さないか？　と願っていた。

するとと依田が「もしかしたら妹さんの恋人、暴力団関係の人かも知れない！」と話した。

「えっ、何故そう思うの？」

「一度妹さんが店に来た時、彼が凄い車に乗っていたのですよ！　暴力団が乗るような外車の高級車！　沙紀代が乗って行ったのを見たの！」

「相手の男性の顔を見ましたか？」

「いいえ！　でも若いと思います！」

「若い暴力団の人？」美優は依田の話から、妹の由紀代が付き合っていたのが暴力団の誰かで、何処かで結城と繋がっているのではないかと考えた。

まだまだ謎は多いが、一平の情報にあった銀龍会がこの事件に絡んでいると確信した。


署では結城の取り調べが続けられている。また、恵美の解剖の所見では妊娠したのは八月の終わりから、九月の第一週と判明している。

その時期に結城が何処で恵美と過ごしていたのかが判れば、事件は一気に解決に向かうと静内捜査一課長は自信を持っている。

だが取り調べでは、四月から恵美さんと何処で暮らしていたか？　の質問に対してマンション（ルメール）で暮らしていたと答えるのだが、聞き込みでは誰一人、恵美さんの姿を目撃した人は存在しなかった。

九月からは結城は自宅に戻る事が殆ど無くなり、美容院の店主もいつ帰ったのか判らないと証言して結城の自白に確証が取れないでいた。

そのため秘密でＤＮＡを調べる準備をしていた。

恵美の受精卵からＤＮＡ鑑定が採取出来たので、結城のＤＮＡと一致すれば確実に犯人と特定することができるからだ。

二十一話

「結城の取り調べは進んでいるの？」美優が帰って来た一平に尋ねた。

「相変わらずだ！　自分が恵美さんを殺した！　の一点張りだよ！　ＤＮＡ鑑定が明日出るから、恵美さんの子供が結城のＤＮＡと一致すれば決定的になると課長は張り切っていたよ！」

「私も今日色々調べて、結城って人は悪い人では無いと思うわ！　吉山恵美さんにちょっかいを出していたというのも定かで無いと思うわ！」

「でも事実吉山夫妻はマンションを変わっているよ！」

「何か勘違いをしていたのかも知れないわ！」

「美優は急に結城が良い人に見えたのか？」

「ファミレス（シーク）時代の話を聞いて、彼は結構面倒見の良い男だったのかも知れないと思ったの！」

「そうなのか？　俺もあの様子から結城が恵美さんを殺したとは思えない！だが何故自供しているのか判らない！」

「暴力団から逃げる為かも知れないわ！」

「何をしたのだ！　暴力団銀龍会に追われる様な事をしたのか？」

「それが金本由紀代さんに関係有るのよ！」

「美優は由紀代を殺したのは暴力団の銀龍会で、その銀龍会に追われているのが結城って事？」

大きく頷く美優。

「じゃあ、恵美さん殺しは？」

今度は大きく首を振る美優。

「それは、わからないわ」

「何か証拠はないのか？」

「何も無いけれど、今日の聞き込みと現状の流れでその様に思うだけ！　だから由紀代さんについての結城の自供が必要なのよ！」

「今の恵美さん殺しから、暴力団に追われていると言わせるのか？」

「何故追われているのか？　それが判れば早いのだけれどね！」

「美優の推理は仮説だからな！　不確かな事を課長に言えない！」


翌日ＤＮＡ検査の結果は捜査本部を落胆させていた。

「恵美さんのお腹の子供の父親は誰なのだ？」静内捜査一課長は結果を見て益々困った顔をした。

殺される約半月前に性行為をした男が別にいたという事が分かっただけだった。

一平は唯一の手掛かりになる二十九の日報を抜き取った警察内部の人を捜していたが、それらしき人物は見当たらなかった。

佐山係長は、その日からの取り調べで、恵美さんと交際していた男の存在を結城に質問していた。

急に質問が変わって答えに困る結城は逆に「恵美に別に男が居たのですか？」と質問をしていた。

一平達の班がようやく由紀代の勤めていたスナック（フェブリク）を探し出した。

ラウンジ形式の高級スナックで、女性も数多く雇っていた様だ。

だが、現在店は閉店して看板だけが昔の面影をとどめていた。

コロナで客が来なくなり、四月の末で閉店になったと近所のスナックの従業員が教えてくれた。

出入りの酒屋に当時の店の持ち主を尋ねると、ビルのオーナーは八十歳過ぎの男性でしたがコロナで亡くなり、ママは雇われており、お店を借りていたのが経営者だったと教えてくれた。

由紀代はコロナの発生前に既に店を辞めて銀座に移っていた。


何故？　東京に行ったのか？　理由はわからなかった。

美優の推理が正しければ由紀代は東京に逃げた事になるが、何から逃げたのか？　その彼女が逃げ出した原因となる者に何故梅ヶ島温泉で殺害されたのか？

そして、結城が美優の言う様に良い男だったと仮定すると、今の捜査は根底から見直さなければならないと思った。


佐山係長は結城に恵美の彼氏に心辺りが無いのか？　結城にお前がその男に嫉妬して恵美を殺したのか？　と仮説を作り上げ質問していた。

静内捜査一課長の指示なのだが、この仮説には相当無理が有ると佐山自身が思っていた。

静内捜査一課長は結城が犯人では無かったら、有力な犯人が存在しないので焦っていた。

佐山係長の取り調べとは別に、伊藤刑事達は恵美が結城のマンション（ルメール）に居たと仮定して他の男の存在を捜したが、マンションの住人の誰もが恵美を見た事が無いし、肝心の結城もマンションに帰らない日も多いとの証言しかない。

何処にも恵美の目撃証言がなく、結城のマンションで他の男の存在を探すのは無理な仮説だと思っていた。

八月から九月までのマンション近辺の監視カメラの一斉捜査をしたが、恵美らしき女性は全く見当たらない。

唯、結城の姿は時々監視カメラに登場していたが、いつも一人だった。


翌日、一平達はスナック（フェブリク）に勤めていた女性をようやく見つけた。

外人でアリソンと云う二十五歳の女性だった。

留学生で入国していたが、実際は学校には行かずに二軒のスナックで掛け持ちで働いていた。

コロナで帰国出来なくなっていて、パブに勤めていたのを偶然の聞き込みで見つけたのだ。

アリソンはたどたどしい日本語で一平達の質問に答えた。

留学をしてすぐにアルバイトをはじめたので三年勤めたと答えた。

写真を見せて金本由紀代の事を尋ねると「ユキ！　知っている！」と答えた。

殺されたと伝えると「ニュース知らない！　見ないから……こわい……」と怯えた。

スナック（フェブリク）のママさんの事を尋ねると「アヤさんです！　でもこわい人と付き合っている！」

「暴力団？」と尋ねると「そう、それ、親分が来る！　時々……ユキ……困っていた！」

「銀龍会か？」

「判りません！　でもこわい人時々来るね！」

「ユキさんは東京に逃げたのか？」

「それは判らないけれど、お店からいなくなった！　去年の秋！」

一平は金本由紀代が銀龍会の誰かに付きまとわれて、東京に逃げたのは間違い無いと思った。

銀龍会とママのアヤは何処の誰かアリソンは知らない様だ。

二十二話

一平は銀龍会に直接乗り込んで聞くのも方法のひとつと思ったが、証拠もなく乗り込んだところで、おいそれと話すわけもないだろうと思った。

もしも犯人が銀龍会なら証拠を隠滅するだろう。

そう思うと迂闊に近づけなかった。


「銀龍会が何故金本由紀代を殺害したのだろう?」自宅に戻って一平が美優に尋ねた。

「まだ、銀龍会が殺したとは決まってないぞ」

「暴力団絡みなら麻薬?　由紀代さんにその様な形跡は有ったの?」

「無いな!　由紀代さんはコロナにも感染していなかった!」

「結城がコロナに感染しているのに由紀代さんが感染していない?　それも変だわ?」

「二十二日の時点で結城はコロナでは無かったのか?　梅ヶ島温泉に宿泊したのは由紀代だったのか?　両方とも確信では無いよ!」

「課長は今でも恵美さんと結城が宿泊していたと思っているのね!」

「それが自然だと!　結城も恵美さんもコロナ感染していたのでね!」

「私は恵美さんを殺す動機の有る人が何処にも存在していない事が不思議なのよ！　結城にだって動機がないわ。それに、結城の人柄から考えても恵美さんを殺して全裸で遺棄するとは理解出来ないわ！」

「じゃあ、恵美さんは事故で死んだとでも言うのか？」

「事故で亡くなったとは言っていないわ！」

「だろう？　課長の考えの方が理に敵っているよ！」

「私は絶対に結城の犯行では無いと言っているの！　他に犯人がいると！」


翌日、金本由紀代が横浜港で停泊していたダイヤモンドプリンセス号の乗客だった事実が判明したのだ。

「これは？　既にコロナに感染していたって事か？」

「はい、陽性でしたが、無症状だった様です」

「じゃあ、もしも結城がコロナに感染していたとしても、由紀代は抗体を持っていたので感染しなかったと考えられますね」

「もう一度、由紀代と結城の事を梅ヶ島温泉と湯河原温泉で調べてくれ！」佐山係長が自分の担当の恵美さんの事件とシンクロしている部分を解き明かそうと、全ての捜査員に命じた。

一平は美優に直ぐに情報を伝えると「これで結城の連れの女性は由紀代さんの可能性が出てきたわね」

「今から湯河原と梅ヶ島温泉の一斉捜査だ！」

「誰と一緒に船に乗っていたの？」

「それが、判らないらしい！　連れが居た様だが消えている！　何処で消えたのかも判らない！」

「ダイヤモンドプリンセス号に乗ったのは、東京のクラブに勤める前ね！」

「この時はまだ見つかってなかったのだろう？　暴力団風の男がクラブに来たのが今年の九月だから」

「もしかして何か仕事をさせられていて、ダイヤモンドプリンセス号に乗船していた！　そしてコロナが発生して隔離された混乱に乗じて、由紀代さんは逃亡を試みた！　その後東京のクラブに身を隠していた！　でも九月発見されて、逃走し生まれ育った静岡に戻った！　そして知り合いを頼った？」

「それが結城？」

「それでも執拗に追われていたため、温泉に隠れていた！　だから顔を見せないようにしていたのよ」

「ダイヤモンドプリンセス号で、何をしていた？」

「ダイヤモンドプリンセス号は横浜港から香港に向ったわ！」

「もしかして、覚醒剤の運び屋とか？」

「静岡のスナック（フェブリク）は裏で覚醒剤の密売をしていたなら？」

「確かに美優の推理は的中かも？　覚醒剤の運び屋をさせられていたのならダイヤモンドプリンセス号も納得出来る！　そして、覚醒剤は銀龍会の手に入っていない？」

「覚せい剤を由紀代さんが持って逃げていたら？　口封じに殺されたのかも？　でも、由紀代さんが覚せい剤を持っていなかった。一緒に居た結城が知っていると思われ追われているのでは？」

「それで、銀龍会に捕まる前に警察に保護され様として、無実の罪を告白したのか？　事情を話せば良いのに！」

「復讐が恐いのでしょう？　家族とかが狙われるでしょう？」

「でも全て美優の想像の世界だからな！　結城が話してくれれば，捜査できるのだが」

「スナック（フェブリク）の実態を調べるのよ！」

「課長に美優の推理を話すのは恐いな！」

「まだ話したら駄目よ！　もう一つの事件を解決しなければ、必ずリークされるわ」

「恵美さんの事件の目処は？」

「全く無いわ！　課長が言う様に結城以外に恵美さんに接触した人がいないから、調べる方法が無いのよ！　多分結城の取り調べを続けても無駄ね」

「どうして？」

「だって何も知らないからよ！　新婚旅行中にマンションを訪れて、四月にも行っているのはマンションに吉山夫妻が住んでいる事が前提でしょう？　既に伸二さんはアメリカで入院、恵美さんは行方不明なのよ！」

「結城は無実か？」

「もう一度最初から恵美さんの行動を追ってみるわ！　面接した高瀬専務に様子も聞きたいから」

「俺はスナックの裏の顔を暴いてやる！」


翌日、美優はナチュラルフーズに連絡をして、恵美さんの事をもう少し詳しく聞かせて欲しいと言った。

「どの様な事が聞きたいのでしょうか？　二日しか仕事に来ていないパートの事など、それ程覚えていないと思いますよ！」と福田敦子社長はぶっきらぼうに言った。

「お聞きしたいのは面接の時の様子、勤務中の様子、二十九日に急用が出来て明日休むと言った時の様子を専務さんに直接お聞きしたいのですが？」

「毎日、猫の手を借りたい程忙しいのよ！　これから年末のお節用の商品、クリスマスと大変なのよ！」

「半時間でも宜しいのでお願いします！」

美優は低姿勢でお願いを連呼して、昼休みの半時間だけ高瀬専務に時間を作って貰う事になった。

渋々納得した敦子だが、明日は鶏肉の冷凍が沢山入荷する忙しい日だとボードを見て思っていた。

二十三話

美優が翌日ナチュラルフーズに行くと、大きなトラックが横付けして冷凍品なのか次々と駕籠車に積み込んでいる。

車をぎりぎり駐車場に入れて扉を開けようとした時、工場の扉が開いて危うく衝突する所だった。

工場の方から出てきたのは、先日会ったパートの安田だった。

「今日は！」

「ああー美優さん！　忙しい時に来たわね」

「これは何ですか？」

「鶏の丸焼きを造る丸鳥よ！　クリスマス用！」

「凄い量ですね」

「今日から一週間は丸鳥の連続よ！」

ローストチキンを作るのだと理解したが、もの凄い量の鳥だと思った。


事務所に入ると西田洋子がいた。

「美優さん！　そこの扉を開けて中で待っていて下さい！　専務を呼んで来ますので」

と言って工場の中に入って専務を呼びに行った。

小さな商談用の部屋だろうか、椅子が二脚と小さな机が在るだけの簡素な部屋だ。

しばらくして、マスクに白衣なのか薄汚れた作業着で入って来た高瀬専務。

「忙しいので簡単に済ませて聞いて欲しい！」

「すみません！　手短にお尋ねします！　吉山恵美さんについてですが、面接の時はどの様なお話をされましたか？」

「殆ど覚えて無いけれど、以前の会社酒田食品の事を聞いたな」

「恵美さんはどの様な仕事をされていたのですか？」

「営業事務だと話したな！」

「何故御社を選んだとかお尋ねになりましたか？」

「旦那さんの扶養の範囲で働けるのと、会社近いのが選んだ理由だと話したな！」

「二日間だけ働かれただけですが、働き状況は良かったのですか？」

「仕事が似ているので、物覚えも良かったと思うよ！」

「二十九日の夕方に電話で、急用が出来たので三十日は休ませて欲しいと連絡があったのですよね？　その時何か気になる事は有りませんでしたか？」

「別に無かったけど、マンションの部屋の固定電話からかけてきたようだった。急に明日用事が出来たので休ませて欲しいと！」

「結構遅い時間でしたが、まだ事務所にいらっしゃったのですね！」

「パートが作業を終えて片付けが終ったのと同時だった！　九時頃だろう？　社長と二人で片付けをしていた」

「はい、通話記録では八時五十五分ですね！　三分近く話されていますが、他に何か話されましたか？」

「三分も話していたのか？　あっそうだった！　違う電話が鳴ったのでそれを聞いたので、保留にしたのだ！　忙しいので遅い時間も電話が多い！　もういいか！　鳥を冷凍庫に運ばなければならないのだ！」

「大きな冷凍庫が在るのですね！」

「冷凍庫の大きさは自慢出来る！」

美優は忙しそうにしているので、話を切り上げて帰る事にした。

「お忙しいのにありがとうございました！　最後にもう一つだけ、恵美さんのマンションに行かれた事は有りますか？」

「無いよ！　（クレストール）マンションって大きい処だろう？　管理人が居るような！」

「私も何度か行きました！　管理人の橋本さんだったかな？　親切に色々教えて下さいました！」

「えっ橋本？」

「間違えました！　それは別のマンションの管理人さんでした！　大山さんです！」微笑む美優は小さくお辞儀をしてナチュラルフーズを後にした。

専務はマンションに行っている！　橋本さんを知っている！　三分の通話時間は美優が勝手に作ったのだが、本当は二分少々だが長いのも事実だ。

今の会話なら三十秒程度だ！　途中で他の電話がかかっても社長が出るだろう？　恵美さんと今聞いた話とは違う話をした可能性が有ると美優は思った。

それと橋本さんを知っているのか？　かまをかけたのが思わぬ収獲になるかも？　でも百寿会老人ホームの集団コロナ感染で橋本さんが亡くなった事実を、高瀬専務が調べた形跡は無い。

小さな部屋を出ると白いボードに日にちと予定が細かい字で書かれている。

目立つのが○に門の記号が多い。

美優はホワイトボードを指差し西田に「何のマークですか？」と尋ねた。

「あれは門野商事さんのマークです！　沢山の商品が門野商事さんを通じて販売されるのですよ！」

美優は、御礼を言って会社を出た時、門野商事の二トントラックの冷凍車が横付けされていた。

先程の十トン車は荷物を降ろして、既にそこには姿は無かった。

駕籠車に載せられた丸鳥を二人の男性がそのままホークに載せて冷凍庫の方運んでいる。

美優の車の前にもう一台の門野商事の車が止められて、美優は車を動かす事が出来ないでいた。

「あっ、すみません！　荷物を載せたら直ぐに出ますので待って下さい！」と倉庫の前から若い男が美優に大きな声で謝った。

少しして「載せたら直ぐに出ます！」と駕籠車に載せて冷凍食品を運んで来た。

箱には行き先が大きな文字で書いて有った。

(老人ホーム)の文字が見えて、紙が反対に折れ曲がってそれ以上見えない。

「老人ホームにも配達するのですか？」

「はい！　食事の献立に入ると注文が入ります！」

「そこそこの量ですね！」

「百寿会は大きいから、それにお年寄りは食べるのが楽しみですからね！」と笑顔で答える。

「ここの専務も老人ホームに配達に行かれるのですか？」

「専務さん？　配達に行く事は無いと思いますよ！」

「そうですか」落胆の美優。

マスクは人の表情を読み取るのは難しい。

高瀬専務も大きなマスクを着け手袋をはめ防護服の様に全身を被ったままでの応対なので表

情を読み取る事も身体の細部の動きすらも判らなかった。

美優が車で立ち去る様子を倉庫の前に出て密かに見送る高瀬専務。

「先程！　君の連れが女性と立ち話をしていたが？」もう一人の門野商事の男に尋ねる。

「あぁー沢山の荷物ですね！　って聞こえましたよ！」

その言葉を聞くと踵を返した高瀬専務は倉庫に消えた。

二十四話

美優は帰りの車の中で疑問点を纏めていた。

①高瀬専務の話の内容に比べて恵美との通話時間が少し長いと感じた。

②途中で別の電話が入ったと言ったが、社長が居るのに恵美の電話を保留？

③百寿会老人ホームを本当に知らないのだろうか？

④橋本さんの名前に反応が有った様に見えたが、マスクではっきりと表情は読み取れない。

⑤恵美のマンション（クレストール）は知っていて行った様だ。

⑥マンションの固定電話から電話が有ったと何故判ったのか？　転送で携帯？
⑦既に半年以上経過しているのに、すらすらと話した。覚えていた？
⑧百寿会は伊東温泉に在るので、知らなければ行かないだろう。
橋本信三さんの以前の職業は確か役所関係だと聞いたけれど、役所も多くあるから家族に聞かないと判らないと思う美優。

大山さんが話していた昔の知り合いに会って嬉しかったという日報の内容が二十九日の事なら？　でもそれは偶然過ぎるわね！


車を走らせながら一平に電話で橋本信三さんの娘さんを捜して欲しいと頼んだ。

一平は銀龍会とスナック（フェブリク）の関係を必死で調べていた最中に美優の依頼に苛立った。だが美優がマンション（クレストール）の二十九日に新しい情報を得たと言ったので、捜査本部の資料を事務員の庄司に調べさせた。

しばらくして庄司から「捜しましたが資料が有りません！　橋本さんの資料が存在していません！」と連絡が届いた。

「えっ、また橋本さんの資料が無いのか？」

一平は益々怪しいと美優に連絡をした。

「やっぱり署内に犯人に繋がる誰かが存在しているわね！」

そう言うとそのまま車を走らせて、橋本さんの昔住んで居た場所に向った。

近所の人なら橋本さんの仕事を知っていると思った。

一平は由紀代さんの元同僚のアリソンに再び会う為に、自宅マンションに向っていた。

一平は銀龍会とスナック（フェブリク）の関係を多少は知っているのでは？　と淡い期待を持って向った。

ワンルームマンションの三階に住んでいるアリソン。

以前、住まいを聞いていたのでパブの出勤前の夕方に向ったのだ。

チャイムを鳴らすが返事がないのでドアノブを廻した。

「主任！　鍵が開いています！」と刑事が一平に言った。

「アリソンさん！　静岡県警の野平です！」少し大きな声で呼ぶが反応が無い。

「失礼します！」異常な空気を感じた二人が部屋に入ると、小さな室内にはアリソンの姿はなかった。

「変だ！　誰かに連れ去られたか？」部屋の雰囲気で察知した一平。

テーブルの上には携帯と飲みかけのコーヒーが温かい状態であった。

「緊急配備！　まだ連れ去られてそれ程の時間は経過していない！」と叫んだ。

多数の警官が配備されて、主要な道路での検問も三〇分の短時間で配備された。

部屋の中を捜査した一平はアリソンが拉致されたと断定した。

静内捜査一課長は銀龍会の事務所と、会長の自宅の一斉捜査を指示して全面対決の姿勢に変わった。

会長の自宅に警察が捜査に入ったのは夜になってからだ。

竹中竜次会長は驚いて一平達と対峙した。


美優は橋本さんの元住んで居た場所に行って、以前の職業を数軒尋ねてようやく一軒の女性から橋本さんは焼津市の役所に勤めていたことが判った。

美優の予想では静岡市かと思っていたが、隣の町に勤めていた。

どの様な仕事なのかを尋ねたが、流石に十五年も前の事は知らないと言われた。

市役所時代の知り合いに会ったのだろうか？　範囲が広すぎて特定は難しいと思った。

警察の手を借りなければ仕事の内容まで調べるのは困難だと思った。

だが三月二十九日の橋本の日報と、恵美さんの失踪が繋がっている様な気がする。

大山さんの言った昔の知り合いに会って嬉しかったという話は関係しているのだろうか？

美優はただ自分の推理に結び付けようとしているだけでは？　と自分の強引さを微笑んでいた。


銀龍会の事務所に向った警察は若頭の垣内と睨み会いになっていた。

家宅捜査令状を盾に押し入る警察に「容疑は何だ！」と騒ぐ暴力団の連中。

自宅では会長が一平達に押し切られて、家宅捜査に応じていた。

捜査員が捜査をする中一平が会長に質問を始めた。

「春先に閉店したスナック（フェブリク）の実質的なオーナーは会長だとの噂ですが、本当ですか？」

「何だね！　コロナで経営が行き詰まったスナックのオーナー？　私が？　冗談はやめて欲しい！」

「我々の調べでは月に数回お店で見かけたと聞いていますが？」

「飲みに行っただけだ！」

「じゃあ、ママさんのアヤさんは何処の誰なのですか？　調べても誰も本名は知らないと言うのですが？」

「私も行くがアヤママとしか聞いていない！　私の女でもないので詳しい事は判らない！」

「あの店には外人の女性も勤めていたでしょう?」

「おお、確かに何人か居た様だな！　それがどうしたのだ?」

「フランス人のアリソンって女性を知りませんか?」

「見たかも知れないが、覚えていないな！」

「息子の誠二さんの姿が見えませんが?　お出かけですか?」

「あの遊び好きにも困ったものだ！　東京にでも遊びに行ったのかもな?　コロナに感染するのに！　本当に困り者だ！」惚けた様に言う会長。

外車に乗って何処かに出かけている事は明白だ。

一平は息子の誠二がアリソンをマンションから連れ出したと思っていた。

何故なら、外車がアリソンのマンションと反対側の駐車場に止まっていたのが、監視カメラの映像に残っていたからだ。

アリソンの口封じを実行した可能性が高いと考えられる。

「謎のママさんですが、そろそろ本当の名前を教えて貰えませんか?」

「知らないものは教えられないよ！　充分家の中を捜しただろう?　何か重要な物が出て来たか?」不気味に微笑む竹中竜次。

一代で暴力団銀龍会を作った男は、度胸も据わっているのか?　警察に怯える事は無かった。

二十五話

素早い一平の判断が竹中の息子誠二の外車を高速道路の監視カメラが捕らえ、高速警察隊が追跡を始めた。

外車の速度は警察隊の追走を振り切る様に走るが、次々とパトカーが導入されて深夜遂に捕獲された。

後部座席には意識を失って縛られたアリソンが発見されて、誘拐拉致容疑で現行犯逮捕になった。

翌日、取り調べを受けた誠二は、以前からアリソンに好意が有り誘ったが断られたので拉致を考えたと証言した。

病院に運ばれたアリソンは、いきなりマンションに来て気絶させられて何が何だか判らないと怯えていた。

一平はアリソンが落ち着くのを待って病院に面会に向った。

スナック（フェブリク）で何が行われていたのか？　ママのアヤの事で何か覚えている事は無いか？　と尋ねた。

「君が連れ去られた理由は我々警察が接触した事だと思う！　店の事を知られていると考えたのだ！」

「でも私何も知りません！　週に二日だけ仕事していましたから、チーママなら詳しいと思いますが、キョウコと言う名前しか知りません！　ママさんも少し言葉に訛りが有りました！もしかしたらアジア系の女性かも知れません！」

「中国人か韓国の可能性が有るのですね！」

一平はアリソンの話から、警察が接触した事が自分達の事を喋られたら困ると考えて消そうとしたのではないかと？　と静内捜査一課長に報告した。

アリソンはママの名前とチーママのキョウコという名前しか知らなかった。

店が閉店になる時、女の子は十人近く居たがアリソンは仲良くしていた女の子でさえ住所も本名も知らなかった。

だが、この事件でスナック（フェブリク）で覚醒剤の密売が行われていた事が有力になった。

一平は美優の推理が的中している可能性が大きくなったと思った。

相変わらず結城はアリソンの事件を聞いても、自分が恵美さんを殺害したと言うだけで詳しい事件の内容は答えなかった。

アリソンは知らないし、由紀代も知らないと言い切る。

警察に守って貰う事を一番に考えているのが垣間見られた。

由紀代から何かを受け取っているのでは？　との疑いもある。


誠二のその後の取り調べで、アヤママの本名がようやく判ったが既に日本には居ない。

本名は中国籍の周彩雅で数年間スナック（フェブリク）のママをしていたらしい。

コロナの拡大と非常事態宣言で、四月の末に店を閉店させて中国に帰った様だ。

誠二は意外とぺらぺらと喋って、アリソンの拉致は前から好意が有ったので連れ出しただけだと再び主張した。

それは取り調べの中で、警察がアリソンから重要な情報を手に入れていないと判ったからだ。

会長の竹中竜次は早速顧問弁護士を静岡県警に送り込んで、情報の収集にあたらせて警察が核心部分の情報を持っていない事を知ると、誠二に少し警察に泊まって来いと余裕をみせたのだ。

「誠二があんな女に手を出すから、後始末が大変だ！」

「でも会長の自宅も事務所にも重要な証拠を置いていなかったのが幸いでしたね！」

「誠二が失敗をしたので注意をしていたので助かったが、由紀代を殺したのは失敗だった！」

若頭の垣内と会長は少しの間息子が警察に置いておいた方が良いと思っていた。

「あの結城が本当に由紀代から預かっているのでしょうか？」

「他に考えられないだろう？　数日間一緒に逃走していたのだからな！」

「坊ちゃんが直ぐ物のありかを聞く前に殺してしまいましたから。」

「本当に気が短いので困る！」

「由紀代殺しの件では坊ちゃんは疑われていない様ですね！」

「今の処、警察には結城と坊ちゃんの接点には気が付いて無いでしょう！」


だが、美優は結城と由紀代の関係、そして由紀代が覚醒剤の運び屋をさせられていた可能性を示唆していた。

「あの息子！　アヤママは中国人だと話した！」

「すると私の推理が的中の可能性が高くなったわね！　由紀代さんは覚醒剤の運び屋としてダイヤモンドプリンセス号に乗船していた！　と言うよりさせられていたのね、でもコロナ感染騒ぎが勃発して逃走した！　そして、昔住んで居た静岡に戻って結城を頼ったのよ！　でも結城がコロナ感染で離脱して由紀代さんは隠れていた温泉で誠二達に捕まって殺された！」

「結城は銀龍会を恐れて警察にとどまりたい訳だな！」

「今回もコロナが引き金になったのよ！　嫌になるわね！」

「そこに偶然、別の事件の被害者吉山恵美さんが絡んできた！　結城は全く事件を知らなかったが警察に教えられた！」

「吉山恵美さんは自分の知り合いの奥さんだったので、急に自分が犯人になり代わって銀龍会から守られる様にしたのよ！」

「美優の推理は辻褄が合っている！　だが実証するには恵美さん殺しの真犯人を捜し出すか？　結城と銀龍会の自供が必要だ！」

「二人は絶対に口を割らないと思うから、恵美さん殺しの犯人を見つけましょう！」

「誰か目星がついているのか？」

「可能性が有る人は一人いるのはいるけれど、動機が無いわ！　殺すには利益が有るとか憎しみが必要でしょう？」

「その可能性が有る人物は誰だ？」

「ナチュラルフーズの高瀬専務！」

「えー年寄りの叔父さんだろう？　何の為に殺すのだよ！」

「それなのよ！　動機がないのよ！」

「全裸にして何故殺すのだよ！　男女の関係か？　あの爺さんなら殺す前に殺されているよ！」

「念の為、ＤＮＡ鑑定してみて、お腹の子供の父親なら確定でしょう？」

一平は気が進まなかったが、美優の意見に従う事にした。

二十六話

数日後「ＤＮＡは一致しなかったよ。あの爺さんと恵美さんが、関係が有ること自体不自然だ！」

「一番可能性が有る人だけれど」

「半年前に二日だけ働いた職場の上司が殺す事は無いよ！　美優の推理は飛躍し過ぎだよ！」

「日報から捜す以外に方法は無いのかな？」

「橋本さんの日報か？　日報に携わったのは、課長、佐山係長、白石、堀田、後は事務の先日調べてくれた庄司さんって女性だ！」

「怪しい人はいないわね！　庄司さんって文章とかの管理をしているの？」

「そう、過去の事件の管理文章とかを纏めている人だよ！　子持ちの奥さん！」

「そんな人の事聞いてない！　古いの？」

「大杉署長の紹介で横溝課長がパートで採用した人だから、三年程じゃあないかな？」

「信用出来る人なの？」

「大杉署長の知り合いの紹介だから、身元は確かだと思う」

「じゃあ、内部には犯行をする様な人はいないのね！」

「少なくとも日報を抜き取る人はいないと思うけどね！　警備会社にいるのかも？」

「一旦警察から返して貰った物を抜き取るの？　それも変よね！　警察に押収される前に抜くでしょう？　もう一度日報三月分を借りても良いかな？」

「出て来ないと思うよ！」

「見せて貰うのでは無くて、一日貸して貰うの」

一平は翌日美優が借りに行くと連絡をした。

自宅に持ち帰って三月の初めから日報を調べ始めた美優。

確かに橋本さんの書いている日報には水道の検針の担当者が変わったとか、七〇五号の両親が尋ねて来た等些細な事まで記載されていた。

美優は橋本の文章と同時に、その力強い筆跡に目が留まった。

「美しい文字では無いけれど、力強いわ」そう口走ると、他の管理人の日報のページを見る。

他の管理人の文章は殆どが天気と異常なしだけの記載がほとんどだった。

三月三十日の大山さんのページには、橋本さんが退職だと記載されている。

美優は急に綴りの紐を外して、三十日の日報を一枚持って窓の近くに持って行って透かして見た。

空白の部分に前のページ、つまり二十九日の日報の跡が残っているかも知れないと思ったからだ。

「何か見えるわ」そう呟くと、今度は黒の鉛筆でその部分を塗りつぶして、文字を浮き上がらせる。

「先生？」と読み取れるが、他は何が書かれているのか判らない。

漢字の部分は強く書いているので判るが、ひらがなの部分は筆圧が弱くて殆ど判らなかった。

大山さんの話と結びつけると、二十九日に橋本さんは先生に会った事になる。

先生？　学校の先生？　それは無理だ！　七十五歳の橋本さんの先生なら優に九十歳を超えている。

他に先生？　お茶、お花、書道、弁護士、会計士、代議士、世の中には沢山先生と呼ばれる職業が沢山有り特定するのは難しい。

美優は大山さんにもう一度話を聞くために携帯に電話をした。

大山が今日は非番でＧＯＴＯを使って奥さんと一緒に、京都に観光に来ていると電話口で答えた。

「二十九日の橋本さんの日報に先生と書いてあったのか覚えていらっしゃいますか？」

「大山さんが書かれた三十日の日報に前日橋本さんが書いたであろう先生という文字だけが、読み取れる程強く書いて有ったのです！」

「私の日報に残っていたのですね！　でも先生で思い当たる事は有りませんね！　何か思い出したら連絡致します！」

「お願いします。旅行中にすみませんでした。旅行を楽しんで下さい！」

美優は深夜まで先生の謎を考えていた。

だが翌日の夜、静岡県警に一本の電話が有り、事件は尚更複雑になってしまった。

電話の主は大山の奥さん佐代子さんで、野平刑事を呼んで欲しいと言ったのだ。

一平が電話に出ると「美優さんから昨日電話を頂いて、主人は初め何も判らないと答えていたのですが、夜になって急に何かを思い出した様で旅行先の京都から早めに帰ってきたのです。今朝何処に行くとも言わずに出掛けてしまい、心配になって携帯に電話をしたのですが繋がりません」

「妻から聞いていますが、先生の意味が判ったのでしょうか？」

「確かめる事が有るとしか言いませんでしたが、何か思い出したのだと思います！」

「何故警察に連絡して頂けなかったのですか？」

「社会的に立場の有る方だから確かめないと、警察に通報する事が出来ないと思ったのではないでしょうか？」

「その人が先生ですか？」

「それは判りませんが朝に出て行って、携帯も繋がらないので……お願いします！　既に九時を過ぎていますので心配です！」

判りましたとは言ったが何処から手を着けて良いのやら全く判らない一平だった。

美優に電話で事情を話す一平に「先生に何か思い付いたのよ！　大山さんは誰かに会いに

行った訳ね！　気になる人がいるわ！」美優の頭に浮かんだのはナチュラルフーズの専務の顔だった。

駄目元で会社に電話をすると、夜の九時過ぎなのに社長の福田敦子が電話に出た。

「夜分遅くにすみません！　高瀬専務さんいらっしゃいますか？」

「先程帰りましたが何か急用ですか？」

「いえ、私の知り合いが帰らないので、もしかしてお伺いしているのかと思いました！」

「クリスマスのローストチキンとレッグで朝から戦争で、来客は全てお断りしましたよ！」

もしかしてと思ったが、やはり何の関係も無かったと半分は安堵した。では大山さんは何処に行ったのだろう？

先生の言葉に何かを思い出したと奥さんは一平に話している。

行くのはその先生の処だろう？　社会的に地位の有る人って？

先生……学校の先生よりも地位の有る先生？　代議士？　学者？　医者？　美優は色々思うが、吉山恵美さんを重ね合わせると判らなくなる。

二十七話

不安は的中した。

二日後再び安倍川の上流に男性の他殺死体が発見された。

「殺されたのは大山さんだ！」

「えっ！　私が電話したせいよ……」一平の電話に絶句する美優。

捜査本部では同一犯の可能性が高いと静内捜査一課長が主張した。

「金本由紀代殺害の犯人とですか？」佐山係長が怪訝な顔をして尋ねた。

「そ、そうだ！　現場が殆ど同じ場所だ！」

「でも由紀代殺しは銀龍会の犯行だと！」

「じゃあ、吉本恵美殺しの犯人だ！」

「課長は恵美さんの殺しは結城の犯行だと言われましたよ！　でも結城は今警察の中、由紀代殺しの可能性が高い竹本誠二も警察の中ですよ！」

「じゃあ、誰なんだ！　全く判らない！」

「恵美さん殺しの真犯人ではないでしょうか？」

「佐山君！　目星がついているのか？」

「全く見当も付きません！　でもひとつだけ言える事は、美優さんの電話で大山さんが動いたという事実です！」

「佐山君は美優さんの推理が的を射たという意味か？」

「その通りです！　課長も拘りプライドを捨てて美優さんに聞くべきです！　彼女の推理力は前課長の横溝さんも絶賛していました！

「……だが……」決断出来ない静内捜査一課長だった。


大山の妻佐代子は逆に警察に美優さんが電話をしてきた事を逆恨みして捜査員を困らせた。

美優も佐代子には申し訳無いと沈痛な面持ちでお詫びに行ったのだ。

でも美優は何故自分に言わずに直接会いに行ったのか？　それが気になっていたが口には出さずひたすら謝った。

この話が静内捜査一課長の耳に入ると「だから素人は困る！　やはり私は素人には頼らない！」と言い切り、一平を呼んで厳重注意した。

その話を夜聞かされた美優は「ごめんなさい！　この様な事になるとは思わなかったの！まさか大山さんが直接会いに行くとは思わなかったわ！　落ち込むわ！」

「でも犯人が姿を見せた事は確かだし先生と呼ばれる人が犯人の可能性が高いということだ！　大山さんが確かめた為に、恐くなって殺害したのだと思う！　橋本さんはマンションでその犯人に会ったのだと考えられる！」

「先生で思い出したのだから、大山さんもマンションでその先生に会ったのよ！」

「安倍川の上流で死体が発見されているが、鑑識の結果殺害現場は別の場所だ！　今監視カメラの映像を詳しく調べているので不審な車が見つかると思う」

「大山さんは今日仕事でマンションに入る予定だったから、マンションの近くの人では無いわね！　でも大山さんが殺された事で、マンションに関係の有る人が犯人だと決まった様な気がするわ！」

「例えば？」

「大山さんと面識が有る人が犯人だと思うわ！」

「住人、出入りの人って事だね！」

「三月の終りから今日までの人ね！」

「銀龍会は関係無いな！」

「恵美、由紀代さんと大山さんとは無関係が確定したと思うわ！」

「全く別の事件って事だな！」

「三月二十九日に橋本さんがマンションで自分の知っている先生に会った。そして、先生に会った事だけを日報に記載した！　先生が訪ねていた相手が殺された恵美さんだとは橋本さんも知らなかった。だって恵美さんが殺されたのは九月で橋本さんはそれよりも前に亡くなっているもの。後日その先生が再び大山さんが管理人の時にマンションを尋ねて来たのだと考えられるわ！　大山さんも全くその事を忘れていた。でも、私が日報に先生と書いて有ったのが気になると話したのでマンションに来ていた先生と言われる人物を思い出したのよ！」

「それで確かめる為に会いに行った！　地位の有る人だから美優にも警察にも言う前にってことか？」

「そして殺害されたのよ」

「先生が犯人だな！　大山さんは七十歳を超えた老人だから、絞殺するのはそう難しい事では無い！」

「もうひとつ、その橋本さんが老人ホームでコロナ感染の為に亡くなっている事も既に犯人は知っていた！」

「だから安心していたのに、急に大山さんが尋ねて来たので気が動転した！」

「先生という人物が誰なのか、全くわからないわ」

「そこまで判るのに？」

「一平ちゃんは恵美さんが何時殺されたと思うの？」

「九月二十一日か二十二日だろう？」

「私の今の推理は三月二十九日に殺された事が前提なのよ！」

「えーー、誘拐されて九月まで何処かに居たのでは？」

「だって今の推理は二十九日に殺されていたら成立するのよ！」

「殺して半年もの間放置していたら腐敗がするだろう」

「どの様に殺した？　何故全裸？　誰が殺した？　先生は誰？」

「疑問には全て答えられないわ！　でも橋本さんの先生に会った！　大山さんが先生を訪ねた為に殺されたと結び付けるには、それしか考えられないのよ！」

「じゃあ、今回の大山さん殺害が事件の真相を露呈させた訳か？」

「少なくとも尻尾が見えたと思うのよ！」

「相当無理が有るな！」

「恵美さんの受精卵の父親が吉山伸二さんなら？」

「えーー」

「そう、私の推理を確かめる方法はそれ以外無いわ！」

「確かに、もしもそれが証明されたら、美優の推理は完全に正しい事になるが、何か有るかな？

既に吉山伸二さんが亡くなって半年以上経過しているからな！」

一平は翌日吉山の実家に電話をして、伸二さんが使って居た櫛、歯ブラシ等ＤＮＡが採取出来る物が有りませんか？　と尋ねると、もう亡くなって半年以上も経過しているのに、何も有りません！　と強い口調で返答された。

一平は、もしかしたら息子さんの子供さんが判るかも知れないと言うと、驚いて「何処に！何処に！」そう言って狼狽えた。

二十八話

各地の監視カメラの映像を調べたが不審な車は映っていない。

梅ヶ島温泉の奥に向う道路には監視カメラが殆ど設置されていないので、温泉の近くの道路を通行する車の目撃情報を調べたが、該当の日にちに怪しい車の目撃情報はなかった。

捜査会議で「先生って何の事なのだ！」静内捜査一課長が質問した。

一平が日報の話を詳しく話すと「不審な事が書いて有った記憶は無いぞ！　でも三月二十九

日の日報が何故消えたのだ！」

「それで、三十日の日報に先生の文字が残っていたのです！　でもそれ以外は読み取れませんでした！」

「美優さんは大山さんに先生の事を知っていないかを尋ねたのか？」

「大山さんは当初心辺りが無いと言われたので、美優も落胆していたのですが今回の事件が起こってしまいました！　申し訳有りませんでした」

「今後は事件捜査に口を出さない様に充分話しておきなさい！　今回は今までの功績に免じて敢えて何も言わないが、君の監督不行き届きになるぞ！」

捜査会議で再び叱られる一平。

とても昨夜の美優との話をする雰囲気では無いので、その後は何も発言しなかった。

梅ヶ島温泉の監視カメラの映像から、通行した乗用車とトラックについて映像を調べた刑事から報告が有った。

トラックは荷物を梅ヶ島温泉の旅館に運んだ車で、乗用車二台は既に持ち主と連絡が終り犯行には関係が無い事が証明された。

「では死体をどの様に運んだのだ？　この道以外の道を走ったのか？」

「その様です！　舗装のされていない農道の様な道が二本在りますので、そこを使って運んで遺棄したのではないでしょうか？」

「この辺りの地理に精通している人物が犯人だな！　大山さんを遺棄した場所は、恵美さんを遺棄した場所よりも数キロ奥だからな！　恵美さんが遺棄された日も不審な車が発見されていないのは、同一犯の可能性が高い！　舗装されていない別のルートで走った可能性が高い！　温泉近辺で不審な車を見た目撃者をもう一度捜せ！」静内捜査一課長は美優の失態で一気に気力を盛り返して、陣頭指揮に力が入った。


翌日も捜査員総出で温泉周辺の聞き込みが実施されたが、不審な車を見たとの証言は無かった。


一平は再び吉山の母親良子に電話で何か無かったかと尋ねたが「髪の毛一本残っていませんね！　コロナ感染と息子の思い出を消す為に総て処分しましたからね！　息子の子供が居たのですか？」

「それは判りませんが可能性は少し有ります！」

「何処に母親は誰です！」

「今それは申し上げられません！」

「息子の子供が？」

「まだ証明されていませんのでそれ以上はお答え出来ません！　息子さんの物が見つかったら連絡頂けませんか？」

良子は嫁の恵美が何処かに子供を産んで育てていたのだと、勝手な想像をした。

でも、もしも自分の孫なら引き取って育てたいとも思っていた。

美優は一平にはっきりとした事を言えば捜して貰えないので、希望を持たせる様に話しをしてと言っていたのだ。

母親の良子が恵美の事をふしだらな女で、息子の出張中に男と失踪したと決めつけていたからだった。

確かに伸二さんが亡くなって半年後に全裸で遺棄されたら、男と失踪して何かトラブルが発生して殺されたと誰でも考える。

僅かな望を与える事で母が真剣に伸二の物を捜してくれると考えたのだ。


十一月に入ると再びコロナの感染拡大が始まり、静岡県警の捜査も困難な状況が続いた。

結城の恵美さん殺害の自供は変わらなかったが、或る日銀龍会の竹中誠二と留置場で顔を合わせた時、急に怯えだして錯乱状況に陥った。

結城は誠二が警察に迄追い掛けて来たと思って夜も眠れなくなってしまった。

「最近結城の言動が少し変じゃないか？」佐山係長が取り調べの後で一平に話した。

一平は美優の推理を佐山に話す機会だと思って、自宅で話していた推理を話した。

佐山はその推理に驚いて「その推理は的中している可能性が高いぞ！　流石に美優さんだ！次の取り調べで一度確かめてみても良いかも知れないな！」

佐山はこれで美優の推理が正しい事が証明されれば、静内捜査一課長の美優を見る目も変わると思う。

佐山係長は、静内捜査一課長の美優に対するライバル心が無くならなければ今回の事件の解決は無いと思っていた。


翌日、佐山係長は結城の取り調べで美優の推理を話した。

見る見る顔色が変わって、佐山は美優の推理が的中している事を感じた。

だが結城は一言も喋らず黙秘に変わってしまった。

「今話したのは、お前も知っていると思うが野平美優って刑事の奥さんの推理だ！　金本沙紀代さんとお前は知り合いだろう？　妹の由紀代さんは暴力団銀龍会の息子と付き合っていたのだろう？」

「な、なぜ……」

「美優さんが調べたのだよ！　お前は由紀代さんから何かを預かっているのか？」

「は、運び屋と知らずに仕事をさせられていたのだ！」ようやくぼそぼそと話し始めた結城。

「警察で俺を守って貰えるなら、俺の知っている事は総て話す！」

「大丈夫だ！　守るから安心して知っている事を総て話せ！」

　結城の話では、香港で誠二はダイヤモンドプリンセス号を下船して、飛行機で羽田に戻り由紀代だけがダイヤモンドプリンセス号で帰って来たが、コロナ感染で隔離されることになり、隔離が終わった後どさくさに紛れて逃げ出した。そして、知り合いが多い地元に逃げて来たが、頼る人がいなかったので由紀代が自分に連絡をしてきたと話した。

　美優の推理と全く同じ事を話し始めた結城に驚く佐山係長。

　静岡のスナック（フェブリク）に勤めていた時に、銀龍会の竹中誠二と付き合う様になった。

　誠二は由紀代の家庭環境を聞いて、運び屋に適していると思い利用したのではないか？　去年の秋に香港への船旅に誘われて一緒に行ったが、覚醒剤の運び屋だと気が付き逃げ出したと説明した。

二十九話

　由紀代は中国マフィアと銀龍会の両方から追われる様になってしまった。

「何を持っていたのだ？」

「何も持っていませんよ！　私も何も預かっていません！」

「じゃあ、何故追われるのだ！」

「取引相手の顔を知っているからでしょうか？」

「それなら貴男を狙いには来ないと思いますが、何か彼女から預かったか聞いた事有りませんか？」

「思い当たる事が有りませんが？」

「確かに素人に運ばせると見つからないから最近は利用される事が多い！　だが何か有るから貴男を狙っているのでしょう？」

「……」

「吉山恵美さんとは？」

「引っ越しの時に会ってから一度も会ってないですよ！　変な自供をしましたが、総て銀龍会から逃れるための嘘です！」

「だが三月と四月に吉山さんのマンションを訪ねたでしょう?」

「行き先も告げずに引っ越しされたので気になって、実は彼にお金を少し借りていたので返そうと思って捜していました!」

「幾らだ!」

「三万です!　結婚の祝いも渡せなかったので、それも兼ねて伺ったのです!」

「管理人に何か言われたのか?」

「今は新婚旅行中だから、来月来れば帰っていると言われました。それで、四月に行ったのですが留守でした」

「いつだ?」

「三日と八日の二回行きました!」

「吉山恵美さんが貴男を嫌って引っ越した様なのですが、何をしたのですか?」

「何もしていませんよ!　今のマンションは自動ロックでは無いので、吉山さんとは気軽に部屋を行き来していました!　去年の暮れ、彼女が来ている事を知らずに扉を開けてしまったのです!　その時慌てて吉山さんが出て来たのですよ!　その事だと思います!　声をかけてから入れば良かったと後悔しました!」

「それで嫌われたのか?」佐山は、実際のことは既に二人共亡くなったので判らないが、結城の話は作り話には思えなかった。

「はい、それから急に気まずくなって、疎遠になってしまいました！」

「吉山さんが亡くなったのは？」

「えー奥さんが殺されたのも警察では知りましたが、吉山も殺されたのですか？」

「違う！　アメリカでコロナに感染して亡くなったのは、四月の半ばだ！　奥さんの恵美さんもコロナに感染していた！　夫婦揃って気の毒な事だ！」

「……」

呆然とする結城の姿を見て、佐山係長は結城が一連の犯人では無いと確信した。

だが結城の話だけでは銀龍会を逮捕する事は不可能で、由紀代殺しの完璧な証拠が見つからなければ難しい。


結城の証言は捜査本部を混乱に陥れた。

「では、大山さん殺しと吉山恵美さん殺しの犯人は同じ人物か？」

「多分そうなりますね！」

「監視カメラにも怪しい車は無いのだろう？」

「あの付近の地理に精通している事位しか有力な手掛かりは有りません！」

「あの息子を締め上げて、由紀代さん殺しだけでも自供させろ！」

「課長！　今回の結城の件も実は美優さんの推理通りなのです！　事件の早期解決の為にも美優さんの協力を依頼したら如何ですか？」佐山係長が説得する。

「佐山君！　警察の面子が潰れるだろう？　若い女性の推理出来る事が何故君達には出来ない⁈　それを恥ろ！」

「は、すみません！」逆に叱られる佐山。

静内捜査一課長は口ではその様に言いながら、一平を呼んで内緒で美優の情報を聞き出そうとした。

一平も惚けて「恵美さん殺しの犯人と大山さん殺しは同一人物だ！　程度しか判らない様ですね！」

「警察の読みと同じか？」失望した様に言う静内捜査一課長。

「年内に解決して来年は良い年にしたいな！」

「は、はぁ！」

美優はもう一度初めから恵美さんの行動を検証していた。

消息が判るのは三月二十九日の高瀬専務の電話での急用が出来たので、三十日に休みたいとの電話があった時までだ。

恵美さんは静岡に引っ越して来て僅かな時間だから友人の瑠美子さんには連絡をしていない。

勿論吉山の実家にも連絡をしていない。

司法解剖の検案書のコピーを見ながら「コロナ感染、胃には何も残っていなかったので、食事をしてから時間が経過していた？ それとも食べていなかった？」独り言の様に言う。

「直接の死因は一酸化炭素の中毒死！ そして、全裸！ 暴行の形跡無し！ 妊娠の初期！ 単純に考えれば車の排気ガスか？ 子供の父親が鍵だけれど結城さんも関係無いなら、知らない人なの？」

流石の美優も四月以降の半年間の消息が不明なので、推理が進まないので頭を抱えた。

では大山さんの殺害は？ 別の資料を調べ始める。

大山さんが先生の事で誰かに接触して殺害されたのなら、二つの犯罪は同じ犯人だ！ だがこの約半年間以上経過して何故？ もしかして先生と呼ばれる男と恵美さんは生活をしていたのだろうか？ でもそれはマンション（クレストール）を訪問した人物に間違い無い。

三月二十九日に橋本さんに会った先生と呼ばれる男、数日後大山さんにも会っている？

マンションを訪れて何かを確かめたのか？ 橋本さんに会う為に来たのに橋本さんは退職し

て、大山さんが当番だったのか？

その事に気が付いた大山さんは確かめに行って殺された。

犯人は梅ヶ島温泉近くの地理に詳しい。

美優は、橋本さんの娘さんに尋ねてみる事にした。

一平に頼み込んで尋ねて貰ったが、梅ヶ島温泉には行った事も聞いたことも無いとの返事だった。

三十話

梅ヶ島温泉に関係が有る人の中に怪しい人物が存在するのだろうか？

でも犯人の目星は全くついていない、美優の中で怪しいのはナチュラルフーズの高瀬専務だけだ。結城さんも銀龍会も無関係だろう？

一平に頼み込んで高瀬専務が梅ヶ島温泉に関連しているか調べて貰う事にした。

一平は「一日だけ仕事に行った会社の専務を疑うのか？」と怪訝な顔で尋ねた。

「恵美さんが最後に話した人だからね！」

「それは我々が知る限りでは？　だろう？」

「恵美さんを三十日以降誰も見た人はいない！　私は二十九日に何かが起こったと思っているのよ！　でも、全裸で梅ヶ島温泉近くに遺棄された事が理解出来ないのよ！　吉山伸二さんのＤＮＡはどうなったの？」

「お母さんから連絡無いので、警察ではどうする事も出来ないよ！　でも子供の親が御主人なんて考えられないよ！　半年以上前に亡くなっているのだよ！」

「でも恵美さんに他に男性の影が見当たらないから、もしかしてと少し考えたのよ！」

「冷凍庫……」

「そう、あのナチュラルフーズの冷凍庫に閉じ込められていたのなら、可能性が少し有ると考えられない？」

「それは飛躍し過ぎだろう？　何故二日勤めただけのパートを殺して冷凍庫に入れる必要が有るのだ？」

「そうよね！　憎しみも何も無いのに、殺意は起こらないし全裸の意味も不明！　コロナ感染も不思議よね！」

「だろう？　それだけの事をすれば従業員が、直ぐに気が付いて騒動になっているよ！」

二人の話は暗礁に乗り上げた。翌日の夜、一平の元に所轄から高瀬専務も家族も福田社長も全く梅ヶ島温泉には関係が無く、土地勘も地理も殆ど無い事が捜査員の調べで判明した。

夜、一平が帰宅して「恵美さんの死体遺棄はともかく、大山さんの死体発見現場は土地勘の無い人には難しいとの見解だ！」

「確かに大山さんが殺された日、高瀬専務は忙しくて工場から一歩も出てないのよね?!」

「それなら疑う余地無かったのか？」

「まぁね！　でも何か引っかかるのよ！　最後に恵美さんと話した電話の長さがね！」

「二十九日の通話記録でも確かに長いな！　明日急用が出来たので休みたい！　の連絡だけでは長いな！」

「途中で外線が入って保留にしたって言い訳したけれど、違う様に思うのよ！」

「でも決定的なのは、殺害動機が皆無だろう？」

「恵美さんと会ったのは、面接の日を含めても三日だけだからね！」

「警察でも懸命に恵美さんの足取りを捜したけど、何も出て来ないようだな！」

「大山さんは？」

「殺害現場が判らないが、殺されたのは夜になってからだ！」

「朝から出掛けたのに夜まで何をしていたの？」

「それを監視カメラの映像で捜しているが、中々足取りが掴めない！　ナチュラルフーズ近辺のカメラも調べて貰ったが、大山さんの姿は映っていなかった」

「私の思い過ごしかな？」

「犯人は全く別にいると思うな！」

「でも共通するのは、二十九日の先生しか考えられないわ！　だから二十九日が焦点なのよ！　警察の見方は？」

「今は、大山さん殺しを重点に調べているよ！」


静内捜査一課長は、一向に捜査が進まず苛々していた。

「美優さんは何か掴んだのか？　野平君は何か話していなかったか？」

「課長！　それ程気になるなら美優さんを呼んで直接お聞きになれば良いと思うのですが？」

「それは駄目だ！　結城の事件は組織犯罪対策室に委ね、恵美さんと大山さん殺しに重点を置く事になったが、全く進展が無い。恥ずかしいと思わないのか！」

体面を気にする静内捜査一課長の気持ちが滲み出た言葉だった。

　翌日、追い打ちをかける様に捜査四課が主導で銀龍会が一斉摘発され、不意打ちを食らった銀龍会系の店はことごとく検挙された。

　覚醒剤の密売組織の壊滅を狙った組織犯罪局の成果になった。

　竹中竜次会長が逮捕されると息子の誠二は脆く、簡単に由紀代殺しの自供を始めてしまった。


「静内課長の方はまだ犯人の目星もつかないのか？」署長に嫌味を言われる。

「はぁ……」

「年内には決着を頼むよ！　市民からも連続殺人だと不安の声が上がっているぞ！」

「はい！　年内には……」歯切れが悪い静内捜査一課長。


　夜の捜査会議では刑事達に八つ当たりで、語気が荒くなっていた。

「吉山恵美さんの事件も手掛かり無し！　大山達吉さんの事件も手掛かり無いのか?!」

「吉山恵美さんは、四月から殺害されるまでの足取りが全く掴めていません！」

「大山さんはまだ数日だぞ！　今は監視カメラも各地に設置されているのに、判らないのか？」

「それが、自宅からJRに乗るまでで、何処で降車されたのか？　全く判りません！」

「携帯の履歴等は？」

「発信履歴は一度しか有りません！　非通知の着信が二度有ります！」

「何処に電話をしているのだ！」

「警察です！　それもここです！」

「何処の部署に電話をしているのだ！　本人からのSOSかも知れないのに誰が聞いたのだ？」

「誰も聞いた人間がいないのです！」

「通話時間は？」

「二分です！　だから何かを話していると考えられます！」

「また県警か？　日報も県警、電話も県警？　何が何だか判らない！　一一〇番では無いのだろう？」

「違います！　職員の誰かと話したと考えられます！」

「県警内部に共犯者がいるのか？　益々警察の不祥事になる！　どうしたら良いのだ！」頭を抱える静内捜査一課長。

三十一話

美優にも大事件が発生した。

週刊誌に大山の妻佐代子のインタビュー記事が掲載されて、主人が殺されたのは名探偵との噂が有る静岡県警の刑事の奥さんが関連していると書かれていた。

記事には県警内部でしか知りえない事まで書かれていたので、警察内部の人間がリークした事が明白で佐山係長が週刊誌（ザ、スクープ）に問い合わせをした。

すると記事を書いた女性記者の児嶋直見が電話口に出て、警察だと名乗る人物からタレコミがあったと答えた。

スクープがあると言って、美優さんが大山さんの事件と関係があると教えられ、大山さんの奥さん佐代子さんに話を聞くよう住所を教えてくれた。

他に別の事件で誤認逮捕する寸前だった、警察の失態になりえる事も教えて貰えたので記事にしたと話した。

結城の名前は出ていなかったが、捜査の内容は警察しか知らないことだ。

美優のマンションに報道関係者が殺到して、美優は、外に出られない状況になってしまった。

静岡県警にも取材陣が殺到して、捜査に困難をきたす状況に陥った。

「署長が記者会見をして、報道陣を落ち着かせて欲しいと言われています！　どうしましょうか？　美優さんのマンションも報道陣が押し寄せている様です！」佐山係長が静内捜査一課長に伝える。

「何故？　誰がこの様な内部事情を週刊誌に売ったのだ！　どうする？」

「共同記者会見が必要ではないでしょうか？」

「誰と？」

「美優さんとですよ！」

「ば、馬鹿な事出来るか！　民間人だぞ！　失態をした者と一緒に記者会見をすれば、警察の権威がなくなるだろう？」

「でも今回のリークをみても、その人物は県警と美優さんを一層引き離そうと考えていると思います」

「何故だ？」

「それは県警と美優さんが連携して捜査を行えば事件の真相に気が付いてしまうからではないでしょうか？」

「警察も舐められたものだな」とため息をつく。

「今は課長の決断が必要です！」

「どう考えても、共同記者会見は出来ない！」

「美優さんのメッセージを課長が読み上げますか？　それでも効果は充分有ると思います！」

「………」

「犯人は美優さんと県警の分裂を考えての行動ですよ！　この県警の中に犯人か、犯人と通じている人物がいるのは確かです！　会議の内容までも筒抜けになっている可能性が充分考えられます！」

「このままだと犯人の思うつぼです。課長がプライドを捨てて美優さんと共同作戦をすると発表してしまえば、犯人には大きな痛手になるでしょう」

「……一晩考えさせて貰えるか？」

静内捜査一課長は遂に追い込まれ決断を迫られた。

佐山係長から一平に美優への伝言が託されて、静内捜査一課長が必ず記者会見をするから、美優に文章を考える様に伝えた。

翌日、佐山係長の読み通りに静内捜査一課長は悲痛な表情で「美優さんに文章を書いてくれる様に頼んで貰えないだろうか？　明日正午に記者会見をする！」と言った。

美優は自分の軽率な聞き込みが大山さんを事件に巻き込んだ事を詫びて、犯人を県警と協力をして一刻も早く逮捕に尽力する事を書いた文章を準備していた。

その文章は犯人の意図とは真逆の結果になり、犯人は慌てるのではと考えていた。


その日の夕方、一平に朗報が届いた。

吉山伸二の母が、大学生の時に使っていた電気カミソリが机の引き出しの奥から出て来たと連絡してきたのだ。

だが、美優はマンションから一歩も出る事が出来ない。一平達も今更、和歌山に捜査に行く許可が出る筈も無く、誰も行けない状況だった。

美優は、伊藤刑事の奥さん久美に和歌山に行くように頼んだ。

「もしもＤＮＡが恵美さんの旦那さんのものだと証明されたら、今までの推理が大きく変わるわ！　大事な証拠品なの。だから、久美さんよろしくお願いします！」

「それは？」

「三月二十九日に恵美さんは既に亡くなっていたって事になるの！」

「そんな……」久美は電話で美優の話を聞いて言葉を失っていた。

殺害された後、半年以上何処かに保管されていた事になる。

翌日、久美は重要な証拠の受け取りに緊張した面持ちで和歌山に向った。


久美が和歌山に向かった日の正午に記者会見が始まった。

初めに静内捜査一課長がお詫びの言葉を述べて、美優の手紙が読まれ、静内捜査一課長は、美優さんと協力して今回の事件は必ず年内に解決すると断言した。

続けて、質疑応答に入った。

「大山さんが殺されたのは、美優さんからの電話のあと大山さんが行動したのが原因だと聞きましたがどの様な事を話されたのですか？」

「美優さんの話では吉山恵美さんのマンションに先生と呼ばれる人が尋ねて来ましたか？　とだけ質問したと聞いています！」

「先生！　の言葉だけで大山さんは犯人が判ったのに、警察は判らないのですか？」

「先生という人物が犯人と確定しているわけではありません」

「大山さんが一言警察に相談していたら、今回の様な事件は無かったと思います！」

「先生と呼ばれる職業は多いですよね！　医者、代議士、学校の先生、弁護士……そんなに沢山あるのに大山さんは、即座に判ったのですね！」

「先生と呼ばれる人物に心当たりがあったのだと思います」

報道陣は質問をしながら、大山さんが会った先生という人物が犯人ではとざわついていた。

三十二話

「警察内部に週刊誌に情報を売る人がいる事実について、課長はどの様に思われていますか？」女性のかん高い声が記者会見場に響いた。

週刊誌（ザ、スクープ）の記事を書いた女性記者の児嶋直見が質問をしたのだ。

「警察だと名乗る人物からスクープがあるとタレコミがあり、美優さんから大山さんの事件と関係があると教えられ、大山さんの奥さん佐代子さんに話を聞くよう住所を教えてくれました！　この話は当初伝えない予定でしたが、警察内部の重大な問題だと思い敢えて課長の意見をお聞きしたいと思います！」

「大変残念ですが、今現在、署内の誰が情報を流しているのかは捜査中です。一両日中に必ずその者を逮捕致します！」汗を拭きながら答える静内捜査一課長だった。

「流れている情報は捜査一課の人間でなければ知りえない内容だと思われるのですが？」

「その通りです！　課内の人間だと考えています！」

課長が記者会見の最中、久美はようやく和歌山の駅に到着してタクシーに乗り込もうとしていた。

警察内部に犯人の共犯者がいる可能性があると聞いた久美は、慎重に周りを警戒し遠距離になるがタクシーでの移動にした。

タクシーの運転手は、遠距離の上、美人の久美を乗せて上機嫌で話しかけてくる。

作り笑いで誤魔化しながら、メールで美優と連絡をして吉山の実家に向った。

片道一時間、緊張の久美は吉山の母から、古くて少し錆びた電気カミソリを預かった。

「何処に伸二の子供がいるのですか？」

「私は詳しい事は判りませんが、結果が出ましたら野平の方から連絡が有ると思います！」と答えるのが精一杯だった。

母の良子は何処かに自分の孫が生きているのでは？　との微かな望みを持って、毎日必死で捜して納屋に置いてあった古い机の中から電気カミソリを捜し出したのだ。

伸二が大学生になった時に買った記憶が蘇って懐かしく思う反面、ふしだらな女に自分の息子を盗られたとの憎しみも消えてはいなかった。

持参したビニールの袋に宝物でも扱う様に入れると、久美は世間話もせずに直ぐに吉山の家を出た。

母の良子に色々聞かれても久美には答える術も無いからだ。


二時間に及ぶ記者会見を終えて静内捜査一課長は疲れ果てていた。

その時一平が「吉山伸二さんのDNAが採取出来る物を手に入れました！」

「その様な物を手に入れても事件の解決には繋がらないだろう？　恵美のお腹の子供が伸二の筈は無いだろう？　半年も前に死んだ亭主の子供をどの様にして授かるのだ！」

「美優が、殺害されたのが恵美さんが姿を消した日だとしたら？　可能性があると思います」

「美優さんは恵美さんが殺されて冷凍でもされていたとでも言うのか？」絶句する静内捜査一課長。

一平は敢えてこのタイミングでDNA鑑定のことを課長に言うように美優に言われていた。

課内に犯人若しくは犯人と繋がっている人物を捜す為に言い放ったのだ。

静内課長を初めとして、殆どの刑事達は一平の話を信用していなかった。

もしも、犯人若しくは共犯者は、一平のこの発言は真犯人を捜し出す有力な手掛かりになるので必ず動くと考えていた。

「野平君！　人間を半年も冷凍保存していたら、解剖した時に直ぐに判るだろう？」

「しかし、美優は冷凍の可能性も考えている様です」

「君の奥さんの推理は飛躍していると思うがな！　冷凍で保管していても直ぐに誰かに見つかるだろう？」

「兎に角、今、吉山伸二さんのＤＮＡを調べられる物を手に入れましたので、数日後には結果が出ます！」


美優は、課長の記者会見で報道関係者は美優のマンションから立ち去り、多少は解放された。

新幹線の静岡駅には伊藤と一平が久美を迎えに行っていた。


県警の中では昔使っていた吉山さんの櫛が見つかって、髪が数本付着しているとその髪からＤＮＡを調べると一平は署員達に嘘の情報を話していた。

署内の情報をリークした人物を見つける為に罠を仕掛けたのだ。

だが、何事もなく翌日の夕方には保管していた櫛は科学捜査研究所に送られた。

約一日保管されていたのに、誰も櫛には近づかなかった。

「美優の期待は裏切られたな！　誰も保管場所には近づかなかったよ！」

「変ね！　必ず誰かが来ると思ったのだけれどね！」

「本物の電気カミソリは一日遅れて僕が科捜研に直接持って行くので、すり替えられる心配は無い！」

「あの櫛の髪は一平ちゃんのだから、お父さんは一平ちゃんになるのよ！」

「科捜研には申し訳ないけれど、騙した事になったな！」

「敵を欺くにはまず味方からって言うでしょう？」

「孫子の兵法？」

「一平ちゃん知っていたの？　驚いたわ！」

計画の失敗に苦笑いの二人だった。

翌日電気カミソリを科学捜査研究所に一平が持参すると「昨日の櫛の分析結果が出ました！血液型はA型、過去のデータに該当者はいません！　恵美さんの受精卵とも合致しませんでした！」

「A？　わ、わた……」で言葉を呑み込んだ一平。

「これは、もう一人の該当者の物です！　宜しくお願いします！」そう言って電気カミソリを手渡した。


車に戻ると「美優！　俺血液型今まで間違っていたよ！」

「どうしたの？　ノー天気のB型でしょう？」

「それが、間違いだった様だ！　A型だよ！　輸血したら死ぬよな！　驚いたよ！」

「そんな事考えられないわよ！　一平、ちゃんと献血したでしょう？　B型って、間違いなら直ぐに判る筈よ！」

「結果がA型って！　それなら、既に櫛は何処かですり替わったという事か？」

「櫛を触ったのは誰？」

「袋の状態で触った人は佐山係長、静内一課長、俺位だな！」

「じゃあ、一平ちゃんが見ていない時に誰かがすり替えた？」

「櫛は同じだった！」一平は不思議な事に首を捻っていた。

三十三話

翌日、一平の携帯が鳴り科捜研の女性が声を弾ませて「あ、合いました――」興奮気味に電話の向こうで叫んだ。

「電気カミソリのDNAが一致したのですか?」

「はい、間違い有りません! この人、電気カミソリの持ち主が父親です!」

「直ぐに伺います! それと、お尋ねしたい事が有ります!」

一平は直ぐに科学捜査研究所に向って、麻生淳子研究員に面会をした。

「これがデータです! 完全に一致しました!」と紙を手渡した。

「実はこの電気カミソリの男性は彼女の旦那さんで、既に四月にアメリカで亡くなっています!」

「えー! 四月に亡くなられているの?」

「この結果から吉山恵美さんの死体は、半年以上冷凍でもされていたと言うことになりませんか?」

「でも遺体が冷凍されていたとは……解剖医が気づくと思いますが……」

「では、他にどの様な事が考えられますか?」

「精子を予め保管して置いて、恵美さんの体内に注入させて妊娠させた？　それでも目的が判りませんよね！」

「変な趣味の人も多いので、何が有るか判りませんよ！」

「それから前に調べていただいた櫛について何か気になる事は有りませんでしたか？」

「そうですね！　使われていない櫛に二、三本髪の毛を付けただけの様な気がしました！　普通は頭皮の脂とかごみ、整髪料が付着しているのですが綺麗に拭き取られていましたね！」

「そんな筈は無いと思う……」思わず自分が毎日使っていた櫛だと言いそうになった。

誰かが洗ったか拭き取って他人の髪を数本付着させたのだと思った。犯人は動いたのだ。いつの間に？


科捜研を出ると直ぐに美優に連絡をした。

美優は「もう一度最初から考えてみるわ！　私たちの罠にかかったわね！　犯人は一平ちゃんの直ぐ傍にいるの。考えを纏めるからそれまで待って頂戴！」

一平は署に戻ると、該当しないA型の髪でしたと課長に報告をした。

落胆する静内捜査一課長は、精気を失い大きな溜息を吐いた。

記者会見の場で今年中に犯人を逮捕すると言ってしまったので、辞表提出が免れないと思った。

美優は科捜研の結果を聞いて三月二十九日前後すぐに恵美さんは殺害されて、どの様な方法で冷凍されたのかは不明だが保々確定だろうと思った。

犯人がわざわざ吉山伸二さんの精液を注入するとは考えられない。

では何が原因で殺害されたのだろう？

二十九日の夜、高瀬専務と電話で話をして翌日急用で休むと伝えている。

先ず高瀬専務には恵美さんを殺害する動機は皆無だ。

二十三日に面接に来て、人手が足りないので直ぐに採用されて二日間働いているだけだ。

この時恵美さんがコロナに感染していたのなら、濃厚接触者でナチュラルフーズの人がコロナに感染している筈だが、誰も感染した人はいない。

でも受精卵の様子から考えると亡くなったのは、三月末から四月初めだ！

あの高瀬専務が静岡県警に知り合いがいるのだろうか？　それも犯罪を手伝う程の人？　それは無い！　と思う。

唯、ナチュラルフーズには大きな冷凍庫がある。保管は可能だがパートも冷凍庫には毎日の様に入っているから死体が有れば直ぐに判ると考えた。

殺人には動機が必要だが、誰も動機の有る人物が誰も見えてこない！　今回の事件は何かが変だ？


一平が帰ると「一平ちゃんの櫛を触れる人って誰々だったの？」

「先ず静内課長、佐山係長、他は見てないと思うな！」

「じゃあ、科捜研に行くまで何処に管理していたの？」

「鍵の有る保管庫に保管している！　鍵は佐山係長が持っている！」

「じゃあ、誰にも出せないよね。保管庫の中の物を出す時は佐山さんに？」

「そう！　佐山係長が外出の時は課長が管理しているな！」

「課長さんが保管庫から証拠品を度々出し入れしたりするの？」

「それは無いよ、事務の女性が鍵を借りて頼まれて出し入れはしているよ！」

「事務の人って何人いるの？」

「その仕事をするのは二人かな？　庄司さんと田中さん！　でも殆ど庄司さんが多いな！」

「一度見た事有るわ！　主婦の人だったわね！」

「よく覚えているな！　お金持ちの娘さんで署長の紹介で働いているのだよ！　もう三年程だな！　刑事達の信頼も有る優秀な人だよ！」

「田中さんは？」

「公務員で二年目かな！　電話応対が多い様だ！」

「この二人なら一課の情報は入るわね！」

「でも二人共犯罪に手を貸す様な人ではないよ！　特に庄司さんは名士のお嬢さんで、署長にも信頼されている」

「そう、でも櫛は触れたのね！」

「触るといっても保管庫に収めて、出しただけだろう？　数分だから無理だろう？」

「保管庫って頑丈なの？」

「普通のロッカーだよ！」

美優は執拗に尋ねて犯人の割り出しを模索していた。

でも、どうしても、ナチュラルフーズの高瀬専務の顔が浮かんで来る。

「もしも、あのナチュラルフーズの専務が犯人なら？　冷凍にすることは出来るわよね?!」

「冷凍食品会社だから冷凍庫はあるが、殺す動機は？　それに冷凍庫に入れていたら直ぐに他の人に見つかるだろう？」

「私もそう思うのよ！　無いのよね、動機が！　有るのは冷凍庫と恵美さんと最後に話をしたのが高瀬専務という事実だけ！」

「冷凍庫で殺された訳では無いよ！　一酸化炭素中毒死だよ！」

「恵美さんにコロナの症状は有ったのかしら？」

「感染していた事実は判った様だが、症状がどれ位だったかまでは判らない！」

「高熱だったの？　インフルの様に？」

「だから、それは判らない！　それに高瀬専務は大山さん殺害には無関係だったのだろう？」

「忙しくて一歩も会社から出ていなかったって社員が証明しているわ！」

「二人を殺害したのは同一犯！　梅ヶ島温泉に土地勘が有る人物！　高瀬専務は全く関係無い！」

「高瀬専務は何処の人？」

「藤枝かな？　白石が調べていた様だ！」そう言った時、美優の顔目の色が変わったのが一平にはわかった。

三十四話

「藤枝って焼津の近くよね?!　橋本さんは焼津の役所に勤めていたのよ！　高瀬専務の経歴を

調べて！」

「それって橋本さんが高瀬専務と知り合い？　って読み？」

「可能性が有るわ、もしも橋本さんが……まって高瀬専務がマンションに行ったのなら？」

「橋本さんの『先生！　お久しぶりですか？』は高瀬専務のことか？　マンションから恵美さんを連れ出して殺して冷凍にした？　何故？　男女の関係？　馬鹿馬鹿しい推理だよ！　殺す理由もマンションに行く理由も無いぞ！」

「……」

美優にも一平にも高瀬が殺す動機が見当たらないのだ。

わざわざ電話の時間の後に準備してマンションに行くなら、既に十時近くになっているはず。

夜遅い時間に女性一人の部屋に、老人に近い年齢の高瀬専務が何故行く？　それも、面接の日を入れても三日しか会っていないのに。

連れ帰って殺害、冷凍、半年後遺棄、総てに無理が有る。

警察関係に知り合いは無い様で、おまけに大山さん殺しには完璧なアリバイが有る。

解らないことばかりだった。

四課の捜査は進み、結城が由紀代から預かった暗号の様な文字が刻まれたペンダントは、覚醒剤密売の割り符の様な代物で銀龍会が由紀代に持たせていた物だった。

由紀代殺害の事件で銀龍会は壊滅した。

竹中誠二は金本由紀代殺害と死体遺棄で、麻薬密売よりも重い刑が確定した。

会長の竜次も麻薬密売と、余罪が暴かれ逮捕されて事件は解決した。

その為、署内での静内捜査一課長への風当たりは強くなり、いよいよ窮地に立たされた。

「佐山君！　重要参考人も誰も犯人らしき人物はいないのか？」静内捜査一課長は勢いも無く弱々しく言った。

一平は敢えて電気カミソリについていた毛のＤＮＡ判定の事は佐山係長と伊藤刑事以外誰にも話さなかった。

署内の共犯者に知られないよう内密にして捜査を進めていたのだ。

その日の夕方一平が調べた結果を美優に電話した。

「高瀬専務は焼津の市会議員を二期務めていたぞ！」

「高瀬専務が『先生』の可能性が高くなったわね！　橋本さんの仕事は何だったか調べて欲し

いな？」

「人使いの荒い奥さんだ！」一平は笑いながら言ったが、美優の勘が当たっている可能性が高くなったと思った。

橋本さんは十五年以上も前に市役所を退職、高瀬専務が市会議員をしていた時代は二十年以上前になる。昔を懐かしむには充分な年月が二人の間には有ると一平は思った。

その後詳しく調べ美優に資料を送った。

高瀬専務は二期市会議員を務めているが、二期目の途中で退職している。会社の経営に没頭する為に辞めた様だ。

通算五年の議員生活だった様だ。

橋本さんとは十歳年齢が違う。

若い高瀬専務が当時は行動的だったのだろう？

中国に市会議員団が研修旅行に行ってから、急に高瀬専務は自分で食品工場の経営を始めた。

だが僅か三年で経営が行き詰まり、高瀬食品は倒産に追い込まれて自己破産を申請した。

そして数年後、再び食品工場ナチュラルフーズを福田敦子の手を借りて立ち上げた。

二〇〇五年創業の現在の会社も決して順調とは言えないのが現状だ。

一平から送られて来た資料を見ながら考えるが、先生が高瀬専務だとの決め手は無い。

何処かに二人の接点が有る筈だと思うが、尚美優の頭には動機が見当たらないのが高瀬犯人説に絞りきれない原因だ。

「それから、社長の福田さんの娘さんは高瀬専務の子供だ！　愛人の子で認知されている」

一平が遅れて電話で伝えた。

「じゃあ、四十歳位の時の子供ね！」

「今の会社が二〇〇五年創業だから、市会議員時代に不倫していたのね！」

だが中々橋本さんと高瀬専務の接点は見つからない。当時のことを知っている人がいないのだ。

翌日、伊藤刑事が聞き込みで、高瀬専務が中国視察の時橋本さんが同行していた事が判明した。

高瀬食品設立時に橋本さんが協力した様な経緯が有った様だ。

一九九五年と翌年の二回、高瀬専務が市議会議員の時焼津市の中国視察団として中国に行ったとき橋本さんが同行していたのだ。

高瀬食品は中国の安い食材を使った低価格の商品を販売していた。

勿論、中国人留学生も数人工場の従業員として雇い入れて最初は順調だったが、中国本土の食品の粗悪さが世間で叩かれて急速に業績が落ち込んでしまったようだ。

安い原材料、低賃金で低価格の商品で売ろうとした高瀬専務の思惑は外れて、僅か三年で倒産してしまった。

中国製の粗悪品から脱却する為に、社名を敢えてナチュラルフーズに改名した様だ。

「状況的には完全に橋本さんが先生と呼ぶ可能性は高いわね！」

「それと懐かしいと言ったのも充分考えられるな！」

「でも大山さんが高瀬専務の事を何も言わなかったのは、何故なの？　高瀬専務を知っていて先生の意味が判れば直ぐに接触するでしょう？」

「そうだよな！　先生が高瀬専務だと知らなかったのだろうな？」

「じゃあ、誰に会いに行ったの？　誰に何故殺されたの？」

「だよな！　先生が高瀬専務だとしたら、この先に進めないいな！　大山さん殺害時間のアリバイは完璧だし！　一度任意で話を聞いてみるか？」

「警察として事情聴取？　課長の許可無しで？」

「課長に知られると自然と署内の共犯者に知られてしまうだろう？」

「私が県警に乗り込んで掻き混ぜようか？　混乱させるのよ！」

「それは面白いけれど、課長が許可するかな？」

「全く犯人の手掛かりを掴めず、相当窮地にいるから、案外素直に従うかも知れないわよ！

そうなれば監視カメラの映像も見る事が出来るわ！」

「美優は何処の監視カメラに興味が有るの？」

「そうね！　大山さん遺棄現場、勿論恵美さんの遺棄現場も見たいわ！」

「県警でも再三見たよ！　不審な車は発見されていない！」

「日報を抜き取った人、一平ちゃんの櫛を拭き取った人の顔も見て見たいわ！」

「誰か判るの？」

「判らないから、誘き出すのよ！」

「名探偵の登場に危機感を持つから顔色で判るのか？」

「反目していた課長と私が協力する姿を見せるだけで、震え上がるでしょう？」

美優は県警に乗り込んで内部の犯人を捜そうとしていた。

三十五話

十一月半ばになって美優はようやく県警に向った。

佐山係長と一平が大杉署長、静内捜査一課長と会談をして、美優を受け入れる事に合意したのだ。

決め手は事件解決に進展が無い事と、署内の犯人の誘き出しに美優の登場が効果的だと佐山係長が後押しした事だった。

美優は、静内捜査一課長にいきなり「吉山恵美さんは三月末には殺されていたと私は考えています！」

「な、なに！　九月二十二日に梅ヶ島温泉近くに遺棄されたのに？　半年以上も前に亡くなっていたと？　冷凍でもされていたのか？」

「はい！　多分！」

「解剖所見ではその様な事は書かれていない！　解剖医もその様な可能性についても報告は上がっていない。飛躍し過ぎだろう？」美優の言葉を半分馬鹿にした様に話す静内捜査一課長。

「では、この結果を課長はどの様に思われますか？」

美優がＤＮＡの検査結果を書いた用紙をテーブルの上に置いた。

静内課長がその紙を持って読み初めて顔色を変える。

「こ、これは……いつ判ったのだ?!」

「吉山伸二さんのお母さんにお願いをして吉山さんの使っていた電気カミソリをお借りして先日検査結果が判ったのです！」

「お腹の子供は旦那さんの子供？」

「方法は有りますよ！　伸二さんの体液を注入するとか？　でもそれは意味の無い事でしょう？　普通に考えれば二人が新婚旅行中に妊娠したと考えるのが正しいと思います！」

「誰が犯人か目星はついているのか？」

「恵美さんが最後に話した人がナチュラルフーズの高瀬専務です！　あの会社には大きな冷凍庫も在ります！　ただ、殺害の動機が有りません！」

「冷凍庫を設置している企業は他にも沢山有る！　動機も無いのに全裸にして殺すか？　たった二日働いただけだろう？」

「でも橋本さんと高瀬専務は面識があって……」佐山係長が美優から聞いた情報を細かく説明を始めた。

日報に書いてあった先生の話まで聞くと静内捜査一課長は「高瀬を引っ張るか？」と言い始

めた。

「でも大山さん殺しには完璧なアリバイが有りますので、高瀬専務は犯人では有りません！」

「では同一犯ではないのか？」

「少なくとも高瀬専務には県警に知り合いはいない様です！」

「では違うのか？　共犯者が警察の中にいるのか？」

「はい、間違い無いと考えられます！　日報を抜き取ることができるのはこの県警の者だけですし週刊誌にリークした人物もまだ見つかっていません」

「県警内部の犯人を炙り出すのは如何でしょう？」

「県警の威信がかかっている！　それが一番良い！　警察関係者を逮捕するのは気が進まないが今はそれが一番だ！」

静内捜査一課長はこの会議の内容を録音していた。

後日、美優の言葉で何か落ち度が有れば、自分が一気に有利に立とうと考えていたからだ。


ナチュラルフーズの高瀬専務を容疑者として、近日中に事情聴取する事が決まったと一課で佐山が発言する罠を仕掛ける。

刑事達にはナチュラルフーズの関係の聞き込みを始めさせる。

そのナチュラルフーズはお節の製造に忙しく、殆ど休みも無く全員が働いていた。

一平は解剖医岸田を訪れて、冷凍された人間の遺体は見分けが出来るのかを尋ねていた。

「冷凍された遺体との区別は判りますよ！　あの遺体は明らかに二十四時間以内に殺されたのです！」と言い切る。

「細胞が全く壊れていなかったので、今も警察に遺体が保管されているなら、直ぐに判ると思いますよ！」と付け加えた。

まだ事件が終っていないので、保管されている。

その話を静内捜査一課長に伝えると、直ぐにもう一度岸田先生の処に運んで調べて貰えと言った。

遺体が冷凍されていたことが証明出来なければ美優の推理が根底から崩れるので、振り出しに戻ってしまう。

翌日、運び込まれた恵美の遺体は岸田が一目見ただけで、完全に変化をしているので冷凍はされていない、解剖の必要は無いと断言したのだ。

この言葉で静内捜査一課長は美優の首を獲った気になって、逆に美優を自由に捜査させる事にした。

　遺体が冷凍されていなければ、美優の推理に破綻が生じると思ったが、県警内部の共犯者と思われる人物は一刻も早く逮捕しなくてはならない。

　だが、共犯者と思われる警察内部の人物は、罠を仕掛けたが全く行動を起こさないので、美優も静内捜査一課長も苛々し始めた。


「何も反応が無いな！」一平が自宅で美優に話した。

「課長は、遺体は冷凍保存されていなかったと思っているのでしょう？」

「監察医が断言したからな！」

「でも何か方法が有るのよ！　ナチュラルフーズはね、冷凍技術には自信が有るという情報が有るのよ！」

「赤字で中古の機械が多いって、報告書に上がっていたよ！」

「冷凍設備は違うらしいわ！　門野商事の社長が最新のものを貸しているって聞いたわ！」

「何処の情報？」

「パートの人に聞いたのよ！　門野健太郎社長が個人でナチュラルフーズを助けている様だ

わ！」

「個人で？」

「会社で支援する予定が、業績が悪いので公認会計士に止められて、個人で支援しているらしいわ！　冷凍機は高価だから個人の持ち物で貸している様だわ！」

「ナチュラルフーズは去年までは殆ど赤字だよ！　最近はコロナの影響で売上げが倍増している、今年の黒字は間違い無い様だよ！」

「コロナで人生変わった人多けれど、良い方に変わった人ね！」

「最近は休み無しで働いているらしい！　だから高瀬専務犯人説は無い！」

「確かに大山さん殺しは無いわ！　一平ちゃん！　門野社長は名士と呼ばれる人？」

「違うと思うよ！　卸問屋の社長だよ！　名士って地域に貢献した人とかを言うだろう？」

「そうよね！」

美優の頭に門野商事の冷凍車が蘇って、それはナチュラルフーズの前で若い従業員が百寿会に運ぶ冷凍食品を積み込む光景だった。

三十六話

一週間後、静内捜査一課長が一平と佐山係長を呼びだした。

「色々調べさせたが、ナチュラルフーズの高瀬専務は大山さんの殺害に対してアリバイがあって白だとの結論だ！　吉山恵美さんの殺害に関しての可能性は残るが、動機が全く無いのと冷凍庫に従業員が毎日数十回出入りしているので冷凍保管には無理がある」

「それは、美優もその様に言っていました！」

「それでも冷凍なのか？　誰か変態趣味の男が妊娠させたのでは？」

「県警内部の犯人は全く動きがありません！　何故でしょう？」

「いないのでは？」静内捜査一課長が嬉しそうに言う。

「絶対にいますよ！　日報が抜き取られた以外にも実はDNAの検査の為に実は偽の櫛を置いていたのですが、綺麗に拭き取られ、別の人物の髪の毛がつけられていたのです！」

「何！　そんな話初めて聞いたぞ！」怒る静内捜査一課長。

佐山係長が「敵を欺くには先ず味方からって言うでしょう？　罠に填めたのですよ！」

「それでも犯人が特定出来なかったのか？」

「はい！　その様な小細工をするとは考えていませんでした！　盗み出すと考えていたの

で！」

「相当頭の良い奴で、警察内部に精通しているな！」

十一月の末になって美優も警察にも決め手が無く容疑者として高瀬専務を事情聴取に引っ張ることもできない。捜査員が高瀬専務を二度訪問して忙しい仕事の合間に恵美さんの事を尋ねたが何も進展は無い。

逆に自分を疑うなら、証拠を持って来てから質問をして欲しいと逆ギレされた。

パートの人達に尋ねても恵美を知っている人も極僅かで情報を得ることができないでいた。

名古屋に嫁いでいった事務の仕事を直接教えていた理子にも警察が電話で話を聞いた。

理子は、二十六、二十七日の二日教える予定にしていたけれど、現場が忙しくて簡単な仕事だけをして貰って、自分は作業の手伝いに現場に入っていた。三十日から本格的に教える予定にしていたが、来なかったと証言した。

美優は理子が二日間事務の仕事を恵美に教えたと考えていたが、少し仕事の内容が異なるのだと思った。

もしも、恵美がコロナを発症していても、理子は殆ど接していない事になるので理子が感染していなくても不思議ではなかった。

美優の推理では二十九日に殺された可能性が残ると自信を持った。

二日間事務所で恵美に事務の仕事を教えていたら、コロナに感染する確率が高いので、理子が感染していなければ恵美さんの二十九日死亡説が成り立たなくなってしまうからだった。

普段から完全防護服の様に着込んで、マスクを着けている作業の人達はコロナの感染リスクは低いと思っていた。

美優の推理は益々、三月二十九日殺害の可能性が高くなっていた。

どうしても判らないのは、殺害の動機とどのように冷凍にしたのか？　その二つの疑問がどうしてもわからないのだ。


美優が考えを巡らしている最中久美が「美優さん！　西瓜を貰ったのよ！」と訪ねて来た。

「えー今頃、季節外れでしょう？」

「父が贈って来たのよ！」

「流石歌舞伎の有名人は違うわね！　温室の西瓜なの？」

「違うのよ！　夏採れた西瓜を冷凍しているのよ！　だから温室の西瓜とは少し違うのよ！」

「冷凍なの？　西瓜の冷凍って聞いた事ないわ！」

「ご贔屓さんの社長が凄い冷凍の機械を造ってらっしゃって、試作品で桃、ぶどう、西瓜、トマトを冷凍して贈って来られたので、父が私の処にも西瓜を贈って欲しいと頼んだ様なのよ！」

目の前のお盆に載せられた西瓜を見ても全く冷凍だとは判らない。

「冬に西瓜って少し変ね！」

テーブルに置かれた西瓜を手に持って美優は「じゃあ、頂きます！」と食べ始めて「少し水っぽいけれど、言わなければ冷凍していたとは判らないわね！」

「で、でしょう？」久美が嬉しそうに言った。

「こんな機械が世の中に出回ったら、季節感が無くなるわね！」と口走った時美優の顔色が変わった。

「こ、この冷凍機って出回っているの？」

「知らないわ！　どうしたの？」

「この冷凍機なら人間を凍らせても判らないのでは？」

「えっ、もしかして恵美さん殺しに使われた？　と考えているの？」

「だってこの冷凍機なら充分……」

「一度父に聞いてみましょうか？」

頷く美優。

すぐに父の東寛二に電話をするが、繋がらないので後でかけ直すと美優に言い、しばらくして久美は自宅に戻った。

美優は久美からの連絡を待つ間が妙に長く感じた。

半時間後、久美が再び来て「父の話だと、この冷凍機はまだ試作の段階でもう少し改良してから売り出すそうよ！」

「そうなの、まだ世間には販売していないのね！」

「期待させてごめんなさい！」

「でも冷凍設備には詳しいでしょうね！　そこの社長を紹介して欲しいわ！」

「そう言うと思って父に聞いてもらったの、今仕事で中国に行かれているから、来月の十五日以降に電話して欲しいって」

「コロナ渦でも海外に行かれているのね！」

「中国の企業も冷凍設備に熱心らしいわ！」

美優はメモ用紙を見ながら（竹田製作所！　代表取締役　竹田淳平）

「あれ？　静岡県の方なのね？」

「そうなのよ！　静岡県の鷲津よ！　浜名湖の近くって聞いたわ！　鰻の冷凍の研究をしていたらしいわ」

「しらすは？」

「それは判らないけれどね！」

美優は来月まで待てないのですぐに会社に電話をしたが、急速凍結庫の話は社長の許可がないと応じられないと断られた。

この世界の技術は非常に貴重で、ライバルの会社も虎視眈々と狙っているからだった。

美優は社長が戻る来月まで待つしかなかった。


夜、一平が帰宅して開口一番「今日、吉山のお母さんに責められて困ったよ！」と苦しい胸の内を明かした。

三十七話

「どうしたの？」

「本当の話をまだできないからな！　世間にこの話が出ると、半年前に既に殺されていたと騒ぎ出すから、事件が解決してから発表すると決まっているのだよ！　お母さんは自分の孫が何処かにいると思って泣いて頼むんだよ！　今日も伸二を裏切った女以外にも女がいたのですか？　アメリカ？　日本？　何処でも良いから教えて！　と言われて困った」

「恵美さんが可哀想ね！　親も兄弟にもご遺体を引き取ってもらえず、お墓にも入れて貰えないなんて！」

そう言って涙ぐむ美優。

「北海道から東京に来て、友人も少なくて巡り会った男性が吉山伸二さんだけだからな！」

「ま、まって！　一平ちゃん！　それ、それかも知れないわ！」

「何がだよ、急に！」

「今、一平ちゃんが言った事よ！　北海道から東京に来て、友人も少なくて……それかも知れないわ！」

「何が？　さっぱり判らないよ！」

「東京ならまだ知り合いも多少はいるでしょう？　でもここは静岡よ！　旦那さんの伸二さんはアメリカよ！　もし夜身体の具合が悪くなったら？　どうする？」

「もの凄く悪ければ救急車を呼ぶ、呼んで貰う！」

「熱が出たら？」

「救急病院を捜すかな？」

「でも場所が判らない！　地理も不安！　車も無い！　知っている人を頼る！」

「えー」

「そう、二日しか働いていないけれど、近いし知っているので病院を聞こうとしたかも？」

「管理人の橋本さんにも連絡したかも知れないな！」

「親切に高瀬専務が病院に送ろうとやって来たのかも知れないわ！」

「そして管理人になっていた橋本さんに会ってしまった！」

「だが熱があるのでコロナの可能性も考えたかもね？　本人にその可能性があると話して、橋本さんも高瀬専務も病院を捜したか？　その辺りは判らないわ」

「日報にその辺りが書かれていたら、僕でも覚えているよ！」

「じゃあ、何も記載は無しか、病人発生程度に記載しているかもね！」

「でも美優の推理、案外的中しているかも知れないな！」

「判らないのは、大山さんは何故気が付いたか？　後日高瀬専務がマンションに行っても先生だとは判らないでしょう？　ましてや自分が殺害してマンションに先日女性を連れて行った者ですがって言わないでしょう？」

「そうだよな！　殺して再び戻って顔を晒さないよ！」

「そこが判らないわ！　何処か推理が間違えているわね！」

「二十九日の救急車の情報を明日調べてみよう！　案外美優の勘が当たっているかも？」

翌日、救急車の情報を調べると、元々日曜日は出動が多くて症状を聞いて病院を紹介した人も多かったと記録が残っていた。

特に熱が有ってコロナの可能性が有る場合、保健所に報告して指示を仰ぐ様に三月は決まっていた様だ。

一平はその後、保健所にも電話をかけて調べたが、二十九日にマンション（クレストール）からの電話の記録は無かった。

唯、職員の話では携帯の非通知での問い合わせは数本有ったとの記録が残っていた。

コロナに感染すると、村八分状態になるので中々名乗って相談をしない人も多い。

恵美さんも携帯で相談したかも知れないが、全く履歴は残っていなかった。

恵美さんの携帯とか衣服、持ち物は何処にも発見されてはいない。

美優は警察内部の犯人は相当近い人物だと考えていた。

一時は犯人の共犯者は静内捜査一課長ではないかと思った程だった。

密かに一平は事務の田中一美と庄司亜沙子に気を付けていた。

保管庫の物を出し入れするのは殆どこの二人である。利用の際には鍵を保管している佐山係長にその都度借りるので、保管庫を二人が利用できる時間はわずか数分だけだ。

佐山係長が留守の時は静内捜査一課長が鍵を代わりに保管している様だ。

だが鍵はそれ程精巧に作られた物ではなく普通の品物だった。

庄司さんは大杉署長の紹介で三年前から仕事に来ているので、事件とはほぼ無関係だと一平は考えていた。

でも田中さんも公務員として既に二年が経過しているので、この女性二人は事件とは直接関係無いと思われる。

美優に頼まれて調べたが怪しい事は無かった。

「大杉署長は誰かに頼まれたの？」

「昔からの友人に頼まれたらしいね！　自宅から近いのと警察の仕事に興味が有った様だよ！」

「三年も前から働いているのよね！　じゃあ関係無いのかな？　でも偶然警察に知り合いがいたからって頼む？」

「そりゃ無理だよ！　例え知り合いでも犯罪のお手伝いはしないだろう？　美優が来たから写メ撮って送るのとは違うよ！」

「犯罪の為に県警に潜入しているって人はいないわよね！」

「偶然事件が発生して窮地になり、知り合いがいたから情報を貰った？」

「情報だけでは無いわ、櫛、日報と証拠まで消しているわ！　犯人とは強い繋がりの有る人物だわ！　例えば高瀬専務の家族とか？」

「その様な人物はいないよ！　子供は娘さん二人だ！」

「本妻には子供が無いの？」

「出来なかったらしいよ！」

「それで福田敦子さんと不倫になったのね！」

「県警でも高瀬専務を引っ張れない理由のひとつが、恵美さんに対する殺意が無い事と、大山さん殺しには確実なアリバイが有る事だよ！」

「大山さん殺しの捜査は難航しているのよね！」

「犯人に近づいたのが大山さんで、警察の誰かも関与している！　静岡の何処かで犯人に会って絞殺されている。そして梅ヶ島温泉の奥に遺棄された！　新しく判った事は睡眠薬が検出された事だ！　成分は少し昔の物で、最近は販売されていない」

「えっ、そんな大事な事、今まで隠していたの？」

「別に隠していた訳ではないが、検出された睡眠薬の分析結果は、つい最近判ったのだよ！」

「いつ頃の物？」

「昭和の時代だ！」その言葉に考え込む美優は何か重要なヒントが見えた様に思った。

三十八話

「一平ちゃん！　事件の関係者が年寄りだと確定したわね！　大山さんが睡眠薬を服用していた過去は有ったの？」

「それは無かった！」

「では犯人に飲まされたのね！　大山さんは私から聞いた先生の言葉で思い出して、犯人に連絡をした！　でも意外に犯人が県警の誰かと通じていたので、誘き出されて睡眠薬を飲まされた！　そして絞殺された！」

「薬の検出は微量で、眠ってしまわない分量の様だ！　その為検出が遅れた様だ！」

「県警に大山さんは連絡したのだろうか？」

「もしかしたら、犯人を強請った可能性が有るわ！」

「それじゃあ、美優は悪く無い！　悪いのは大山さんだ！」

「それは判らないけれど、犯人が地位の有る先生なら応じると考えるかも知れないわ！」

「何故大山さんは警察に電話をかけたのだろう？　だって犯人の一味が電話に出る保証は無いだろう？」

「SOSを発信したのかも？　でもそれを聞いたのが偶々共犯者だった？　違うか？」

「電話の有った時間は刑事も出ている時間だが、確実に犯人一味が電話に出るとは限らないよ！　捜査一課の直通番号にかける事も少ない！」

「確認しているのだわ！」

「何を話したのだろう？」

「怪しんだ大山さんを説得するのに使ったのだと思うわ」

「私を怪しんでいる様だが、警察に聞いて見なさい！　とでも言ったのかも知れないのだな！」

「信用させて睡眠薬を飲ませて絞殺して、梅ヶ島温泉に遺棄して他の事件と同一犯を装ったのよ！　由紀代さん殺しは自分ではないから関連させる為よ！」

「なる程！　警察を混乱させる為に敢えて梅ヶ島温泉か？」

「それも県警の情報が漏れているので、それを利用しているのよ！」

「今回の事も全く動かないのは、知っているからだな！」

「だから捜査本部の中枢にいる人が犯人に通じているのよ！　頭の良い犯人だから中々尻尾は掴めないのよ！」

「美優は誰だと思う？」

「総ての事を総合すれば、一平ちゃんか静内捜査一課長！」

「冗談はやめろ！　課長は美優にライバル心は有るけれど、犯人の一味は有り得ない！」

「女性の素性をもう少し調べて頂戴！　二人のどちらかが怪しい様な気がするの！」

二人の会話の中では犯人の実像に迫っている気がしていた。

だが決めては無く、田中は独身で自宅は普通のサラリーマン家族で全く関係が無い。

もう一人の庄司も一平の調査では、旦那さんは郵政Gに勤める真面目な男で、旦那さんの実家も同じ様に郵便局に勤めて、今では年金暮らしの様だ。

子供は中学生と小学生の男の子で、ごく普通の家族で殺人事件に巻き込まれる様な家庭では無かった。

「誰が署長と知り合いなの？」

「多分お父さんだろう？　郵便局の局長をされていたからな！」

「そうなのね！　庄司さんの実家は？」

「商売人らしい！　店でもしている様だよ！」

一平の調べでは二人の女性に今回の事件を起こす様な事は無さそうに思える。

捜査は進展が無く美優が待っていた冷凍設備の社長が帰国した。

（竹田製作所！　代表取締役　竹田淳平）の名刺を持って携帯の番号を押す美優。

もしもこの最新の冷凍機の技術を既に実用している企業が有れば、可能性は有るかも知れないからだ。

竹田社長は中国から帰って自宅待機中で、電話は再び自宅にかける事になった。

美優の事を知っていて驚いた様子で、自分が事件の事で質問されるとは考えていなかったのだ。

「先日東寛二さんのお嬢さんから西瓜を頂きまして、とても美味しかったので冷凍技術に付いてお聞きしたいのですが？」

「あっ、寛二さんの娘さん！　刑事さんの奥様だとは聞いた事が有りましたが、まさか美優さんの静岡県警の刑事さんでしたか？」

「はい！　同じマンションで仲良くさせて頂いています！」

「その美優さんが事件の事で何か聞きたいと？」

「先日頂いた西瓜を凍らせる技術で、人間を凍らせる事が出来るのか？」

「えっ、恐い話しですね！　確かに人間は動物ですから、西瓜よりは簡単に組織を壊さずに凍らせるかも知れませんね！　今の冷凍機の実験では肉、魚はほぼ完璧に冷凍されますね！　水分の多い果物、野菜の方が難しいですね！」

「報道でご存じだと思いますが、九月に女性が梅ヶ島温泉で遺棄されたのですが、三月の末からの行動履歴が全く無くて困っているのです！」

「ああ、知っていますよ！　全裸で遺棄されていたのですよね！　その死体が冷凍されていたのですか？」

「いいえ！　冷凍の形跡が無かったのですが、社長のご存じの冷凍技術で可能か？　をお聞きしたいのです」

「当社も急速凍結庫を売るのが商売ですが、人間をそのまま入れる程の大きさの物は過去に販売した事は有りませんね！　バッチ式で冷凍機の中に数段の棚を作って、それに冷凍させる品物を並べるのですよ！　棚を総て外しても人間を入れると折れ曲がりますね！」

「可能なのですか？」

「可能は可能ですが、元に戻しても解凍まで時間が必要なので、手足が曲がった状態になるでしょうね？」

「難しいのですね！　今の冷凍機では？」

「大きな冷凍機なら可能ですが、中々高価で設置されている工場は少ないでしょうね？」

「有るのですか？」

「ＲＢＳ社の急速凍結庫は大きいので、冷凍出来ると思いますね！　特殊なフイルムの袋に肉とか魚を入れて凍らせると元に戻せるらしいですよ！　我社はＲＢＳ社が出来ない野菜、果物の冷凍させる技術を開発中です！　東さんに贈ったのもそのひとつなのです！」

「その冷凍機を設置している会社って沢山有るのですか？」

「まだ日本で五台程しか置いてないでしょう？　何しろ一台が億の機械ですからね！」

「えっ、億もするのですか？　静岡にも買った人がいらっしゃると聞きましたよ！」

「も、もしかしてナチュラルフーズって会社では？」

「ははは、高瀬さんの会社ですか？　昔取引をしていましたが、貧乏会社で倒産しました！」

そう言って笑った。

三十九話

「昔中古の急速凍結庫を設置させて頂きましたが、二年程で倒産しましたね！　そんな会社が買える機械では有りませんよ！」

「そうですか、そのＲＢＳ社って何処に有りますか？」

「東京に小さな事務所を置いていますが、殆ど売れないので修理もヨーロッパから来るそうですよ！」

「外国製ですか？　それ以外に可能性の有る機械は有りませんか？」

「私の会社以外では有りませんね！　でも大型の凍結庫は販売していませんからね！」

「今、特殊な袋を使うとお聞きしましたが、その袋を使う事で肉とか魚の鮮度を保つのですか？」

「そうですね！　当社の凍結庫も特殊な袋に入れて凍結しますので、本当に生肉、鮮魚ですよ！　工場に行ってご覧になられるなら、電話をしておきますよ！」

「本当ですか？　是非見せて頂きたいですね！」

「私はまだコロナ隔離中なので遠慮させて頂きます」

美優は直ぐに準備をすると、鷲津に向って車を走らせていた。

社長からの電話連絡があったので、今回は丁寧に接して説明をして貰えた。

通気性の良い袋に入れられた魚を目の前で解凍して美優に見せた。

「本当ですね！　獲れたてって感じに見えますね！」

「これが肉ですが、先程電話を頂いて解凍して置きました！」

皿に載せられた牛肉のブロックからは、肉汁が流れ出して今ここに来た様に見える。

「これを見て下さい！」

「眠っているのですか？」

瑞々しい食用蛙が盆の上に載っている。

それは今にも飛び跳ねる様に見える程だが、数ヶ月前に死んでいる様だ。

もうひとつは鰻が同じ様に盆に二匹載せられている。

「この鰻は先程開いて今蒲焼きにしていますので、もう直ぐ試食して頂けます」

「えっ、鰻の蒲焼きを……」驚く美優に「社長は鰻の冷凍から始めたので、拘りが有るのですよ！　一度お召し上がり下さい！　スーパーの鰻とはひと味違いますよ！」

しばらくして良い臭いが部屋の中に充満すると、鰻の蒲焼きが運ばれて来た。

先日と同じ人の応対とは思え無い程だが、一口食べた美優は思わず「美味しい！」と発した。

「スーパーの鰻とは違うでしょう？」

「はい！　同じ鰻だとは思えません！　今までの食感と歯ごたえがまるで異なりますね！」

「これが我社の凍結庫の性能なのですよ！　社長は今改良して果物、野菜の凍結に挑戦されています」

「ＲＢＳ社の凍結庫も同じ様な性能なのですか？」

「肉には強い様ですが、魚になると我社の方が抜けていますね！　唯当社の凍結庫はＲＢＳ社に比べて小さいのですよ！」

「それは何故ですか？」

「大きくすると価格が億を超えますので、置いて頂ける工場が限られますからね！　社長は美味しい冷凍品を沢山供給して欲しいのが希望ですからね！」

「ＲＢＳ社の機械を設置されている工場はご存じですか？」

「大阪に一台、九州に静岡にも一台買われた方がいらっしゃると聞きましたが、ＲＢＳ社は極秘にしていますよ！　我々に調べられるのを嫌っています。我々も設置の工場名は秘密にしています」

　お互い企業秘密の様だが、県内に一台在るのは新しい情報だった。

美優は竹田製作所を出ると直ぐに一平に連絡して、ＲＢＳ社の凍結庫が静岡県内に設置されているので場所を調べて欲しいと頼み込んだ。

ナチュラルフーズか高瀬、福田社長の名前等で調べて欲しいと付け加えた。

しかし、東京のＲＢＳ社はコロナ感染予防の為に、リモート出勤になっているので留守電対応であった。

おまけに年内の修理は不可能な為、連絡は後日になるとの留守電の声だった。

「取り敢えず留守電に用件は入れて置いたが、海外の会社だから中々連絡無いかも知れないな！」

自宅に帰った一平が美優に伝えた。

「困ったわね！　ナチュラルフーズの高瀬専務に直接聞いてみようかな？」

「今はもの凄く忙しい時期だから、相手にされないよ！　白石が他の件で電話をしたら来月、来月！　って言われたらしい！」

「冷凍機は自慢していたからね、あの工場で驚いたのは除菌設備と大きな保管用の冷凍庫よ！」

「美優はナチュラルフーズに絞っているの？」

「そうでも無いけれど、恵美さん最後に話しているから気になるのよ！」

そのナチュラルフーズは年末の一番忙しい時期を迎えていた。

翌日県警に予想したより早くRBS社から電話が入った。

「野平主任！　RBS社の今野さんって方から電話です！」取り次いだのは庄司だった。

（どう言ったご用件でしょう？　当社の冷凍機の購入者が知りたいとか？）

「静岡県に一台設置されていると聞いたのですが、購入者は何方か教えて頂けませんか？」

「設置場所はライバルの竹田製作所の関係でお話出来ませんが、お名前位は宜しいですよ」

「それで結構ですから教えて頂けませんか？」

「門野さんって方ですよ！」

「そうですか！　門野さんですか？」落胆の表情の一平。

電話が終ると美優に（冷凍機の購入者はナチュラルフーズの福田、高瀬ではなかった！）と送った。

しばらくして美優から（残念だわ！　微かな期待をしていたのに！　もう来年ね！）と返信が届いた。

翌日の二十八日に、美優は車を走らせてマンション（クレストール）に行った後、仕事納めのナチュラルフーズに向った。

午後の三時過ぎに着くと、大掃除の真最中でパートが数人駐車場で道具を水洗いして干していた。

「今日は！」美優が車を止めて降りると「美優さん！　今年も今日で仕事納めよ！　何かお聞きになりたい事でも？」

「いいえ、マンションに来たので前を通りました！」笑顔で微笑む。

「事件中々解決しませんね！」パートの安田が作業をしながら話した。

「今日専務さんは？」と尋ねると首を振っていないと手で合図をした。

四十話

「今朝から社長と二人で顔色を変えて出ていきましたよ！」

「そうですか？　皆さんもよいお年をお迎えください」そう言って微笑みながらナチュラルフーズを後にした美優。

だがその夜、一平の言葉に顔色が急変した美優。

一平がＲＢＳ社の急速凍結庫を買ったのが、静岡の門野さんだと言った瞬間だった。

「そ、それはナチュラルフーズに置いて在る急速凍結庫だわ！」

「えー本当なのか？」

「見てないけれど間違い無いと思うわ」

「その冷凍機がそれ程の機械なら、美優の推理の裏付けになるな！　明日課長に連絡して家宅捜査令状を取って乗り込むか！　現場検証で確認すれば事件は年内に解決だ！」

一平は直ぐに佐山係長に連絡をして、明日の家宅捜査の準備に入った。


翌日朝から静内捜査一課長も美優の推理を認めなければならなくなった。

「その様な良い冷凍機が在るとは知らなかった！」

「美優さんの調べでは日本にも同じ様な冷凍機が在るのですが、小さいので人間をそのままの状態では冷凍出来ない様です！」

「全裸にしたのは何故だ？」

「特殊な袋に入れると水分が残って乾燥を防ぐので、冷凍が鮮度を保ち正確に出来るからだと考えられます！」

「恐ろしい機械が在るのだな！　至急家宅捜査を開始しなさい！」

「冷凍機が在るから、殺人を犯したとは決まっていませんので、社長の福田と専務の高瀬に事情を聞きましょう！」

しばらくして準備が整うと、警察の鑑識と科学捜査研究所の人間も一緒にナチュラルフーズに大挙して向った。

だが工場は本日から正月休みに入っており、誰もいない状況に「自宅に電話をしたのか？」「はい、誰も電話には出ません！」

近所の野次馬が次々と警察車両を取り囲み「な、何事なの？」「こんな年末に食中毒騒ぎなの？」「保健所じゃないから、事件でしょう？」と口々に言う。

福田社長の自宅に数人の刑事が向った。

伊藤刑事と数人の刑事は高瀬専務の自宅に向っていた。

車で十分程の距離に高瀬専務の自宅が在り、ブザーを鳴らして呼びかけると「何用ですか？」

「静岡県警ですが、高瀬専務、高瀬義雄さんはご在宅ですか？」

「主人は昨夜から帰っていませんが、年末で忙しいのか？　連絡もございません！」妻だろうか？　驚いた様子で玄関に出て来た。

「帰って無い？」

「昨日の朝、出掛けたまま連絡も有りません！」

一方の福田の自宅は鍵がかかって誰もいない様だと連絡が届いた。

現場で佐山係長は両方から連絡を貰うと、仕方無く警備会社に連絡をして会社の鍵を開けて貰う事にした。

「逃亡したのでしょうか？」白石刑事が一平に言う。

「そこのガレージに車が無いのか？」工場横の古いガレージを指さす一平。

白石刑事がガレージのシャッターに手をかけると「開いていますよ！」そう言ってシャッターを上に開いた。

「わーあー野平主任！」シャッターの中に一歩入った白石刑事が大きな声を出した。

「どうした！」

「く、車の中に人が……」

「触るな！　排気ガスの臭いが充満しているぞ！」

「高瀬専務と福田社長です！」

「な、何！」

既に車のエンジンは燃料切れてガレージの中は排気ガスが充満していた。

佐山係長が急いでやって来ると、鑑識と科学捜査研究所の人が見て「亡くなっていますね！」と口走った。

ガレージの中を調べて、車から二人の遺体を運び出す。

「自殺ですかね！」

「まだ判らないが、可能性は高い様だな！」

「遺書の様な物が有りました！」

「どうやら自殺の様ですね！」鑑識が調べながら佐山達に言った。

「我々が来る事を知っていたのですかね！」

「RBS社から連絡が有った様です！」遺書を読みながら鑑識が言った。

遺書の様な物は鑑識が調べて刑事達に手渡されるが、今は読む事が出来ない。


しばらくして警備会社の人が到着して、工場の入り口が開けられて中に捜査員が入っていった。

工場の中に入ると古ぼけた機械の中に、まだ新しい大きな急速凍結庫が在った。

「これですね！　RBSって横に書かれていますね！」一平はその機械を撮影して、美優に二人が自殺したとの連絡のメールと一緒に送った。

送られて来たメールを見て美優は二人が何故こんなに早く自殺してしまったのか？　美優はそのメールを見て真っ先に思った。

鑑識は遺書を読んでRBS社が門野さんに連絡をして、門野さんが二人に伝えた様だ。

一平と伊藤刑事が門野商事に向って、事情を聞きに行く事になった。


開口一番一平の説明に「自殺しましたか？　私は警察に自首を勧めたのですが……」そう言って言葉を失った。

昨日RBS社から電話があったので、二人を呼び出して事情を聞いたと門野社長は話した。

すると二人は三月二十九日の夜に、パートの吉山恵美さんが、具合が悪いので病院を教えて欲しいと言われた。

だが夜も遅いので救急病院に連れて行く事にして、迎えにマンションまで行ったそうです。

でももしもコロナだったら、自分も感染の恐れが有るので完全防備で行った様です。

そこで、橋本さんに出会ってしまって彼は昔一緒に中国に行ったので、二言三言話をした。

吉山恵美さんを車に乗せて、会社に戻ったが寒いと言ったので、そのままエンジンを切らずにガレージに入れてから病院を福田社長と捜した様です。だが排気ガスで彼女が死んでしまったのです。

四十一話

門野社長は自分が買い与えた冷凍機をその様な事に使われたと嘆き悲しんだ。

善意で助けようとしたのが、逆に一酸化炭素中毒で殺してしまって、気が動転して冷凍にして保存する事を考えたのでしょうと話した。

「自分も昨日聞かされて驚きましたが、自分で始末をつけると言ったので、自首すると思っていました！　まさか彼女と同じ死に方を選ぶとは思いませんでした！」そう言って涙を流した。

「社長はＲＢＳ社の今野さんから、警察から問い合わせが有ったと聞かれたのですか？」

「そうです！　事件の事は聞いていましたから、もしかしてと思って昨日二人を呼んで問い詰めました！」

「ただ彼女を事故で死なせただけで終ればまだ良かったのに、管理人の大山さんまで殺したとは……」

「二人は大山さん殺しまで社長に話したのですか？」

「はい！　自分で決着を付けると言いました！」

「具体的な殺し方を話しましたか？」

「睡眠薬で眠らせて絞殺したと話していましたね！」

「でも高瀬専務には完璧なアリバイが有るのですよ！」

「社長の方ですよ！　会社を抜け出して殺害して夜運んだ様ですね！」

二人は遺書をまだ読んでいなかったが、殆どの事情は今聞かされたと思って門野商事を後にした。


夕方捜査本部で公開された遺書の内容と、門野社長の話は殆ど同じだった。

誠に申し訳ありませんでした！　死んでお詫びを申し上げます。

コロナ感染の特需で忙しい最中、採用したパート事務員の吉山恵美さんが三月二十九日の夜、体調が悪いと電話をかけてきました。

彼女は最近静岡に越してきたので、地理もわからず、友人、知り合いも無く困っていました。

私は親切心から彼女を救急病院に連れて行く事にして、マンションに向いました。

旧友の橋本さんがマンションの管理人になっていたのには驚きました。

車に載せて会社に戻りましたが、寒いと彼女が言うのでエンジンを付けた状態でガレージに車を入れて病院を福田と二人で捜しました。

ようやく捜してシャッターを開くと、排気ガスの臭いに危険を感じましたが、その時既に彼女は死亡していました。

驚いて警察に届けようと思いましたが、食品工場でコロナ感染が発症した場合営業停止になると思い止まり考えました。

その後福田の進言で彼女を冷凍する事が閃いて、特殊袋に入れて牛肉と同じ様に急速凍結して保管しました。

九月になって従業員の一人が冷凍庫に古い肉が残っていると指摘したので、見つかる危険を感じ解凍して梅ヶ島温泉近くに遺棄しました。

遺体が発見されてから毎日が不安でしたが、管理人の橋本さんの同僚大山に金を要求されて、福田と共謀して睡眠薬で眠らせて絞殺しました。

混乱させる為に同じ様に遺体は梅ヶ島温泉近くに遺棄しました。

今回冷凍機から追い詰められた事を知り、逃げ切れないと思い二人で死ぬ事を選びました。

誠に申し訳有りませんでした。

二〇二〇年一二月二九日

福田　敦子

高瀬　義雄

公開された遺書はワープロの文字で、淡々と経緯が書かれている。

「以上の遺書から、二人が追い詰められて吉山恵美さんと同じ死に方を選んだと思われる！」

静内捜査一課長が発表した。

「後部座席に二人が並んで無くなっていたのですが、鑑識で他の人物の形跡は無かったのでしょうか？」

鑑識が「指紋は二人以外にも発見されていますが、二人はエンジンを始動させて睡眠薬入りのコーヒーを飲んだと考えられます！　詳しい解剖結果は明日になりますが、遺書も事務所のパソコンで打ち出された物で間違い無いと考えられます！」

「一応明日の鑑識待ちだが、事件は容疑者の自殺で決着の様だ！　福田社長は大山達吉さん殺害、吉山恵美さんの場合事故か殺人か？　死体遺棄は間違い無い！　年内に事件が解決出来て良かった！　皆さん！　ご苦労さん！」静内捜査一課長は事件の決着で安堵の表情になった。

夜遅く帰った一平が「事件は解決したよ！　容疑者の二人が自殺で決着だ！　美優の冷凍機の解明で観念した様だ！　これが遺書の写しだ！」

「呆気ない結末ね！　でも冷凍機の話から自殺まで早いわね！」

「門野社長にＲＢＳ社の今野さんが電話したのが切っ掛けだ！」

「署内の犯人は？　見つかったの？」

「課長は全く触れなかったな！」

「触れたく無かったのでしょう？　でも高瀬専務か福田社長と繋がっている人はいないのでしょう？」

「多分誰もいないと思う！」

美優は遺書のコピーを読み始めている。

読み終えると「遺書と言うより状況説明って感じだわね！　今から死ぬ人が書いたとは思え無いわ！」

でもこの遺書が公開されると美優の権威は戻るね！　大山さんが強請った事実が書いて有ったからな！」

「それは有り難いけれど、大山さんはナチュラルフーズの高瀬専務、福田社長を知っていたのかな？」

「美優は犯人がこの二人では無いと？」

「そうは思わないけれど、何か気になるのよね！」

「気にしすぎだよ！」

「署内の協力者の存在が気になるわ」

だが翌日捜査本部は解散する事になって、静内捜査一課長は大杉署長に報告に向った。

「事件が解決した様だな！」

「はい、門野商事の門野社長の説得で、容疑者が自殺してしまいました」

「門野商事？」顔色を変える大杉署長。

四十二話

「事件解決おめでとう！　良い正月を迎えられそうだな！」今度は急に微笑んで言った大杉署長。

「はい！　年内に解決出来て良かったです！　ご心配をお掛けしました！」

静内捜査一課長は嫌味を言われるのかと、顔色の変化に気をもんだが何事も無くて安心した。

その後ＲＢＳ社の今野さん立ち会いで急速凍結庫を使って、実験が実行されて特殊な袋に入れると殆ど冷凍前の状態になる事が証明されて、三十一日に記者発表されて高瀬義雄と福田敦子の犯行が裏付けられて事件が解決したと発表した。

美優はテレビのニュースを見ながら不審点を考えていた。
①一番の疑問点は梅ヶ島温泉近くに大山さんの死体を誰が遺棄したか?
②県警内部で二人が誰から情報を得ていたのか?
③櫛のすり替え、日報の抜き取り、大山さんと話した人?　捜査情報が漏洩している。
④余りにも早い自殺も不思議だ。
⑤だが遺書に書かれていた恵美さんが排気ガスで亡くなったのは間違い無い。
⑥確かに三月の時点で、食品会社でコロナ感染者が出る事は致命的だったが?
⑦少なくとも冷凍されて半年保存されていたが、何故発見されなかったのか?
夜帰った一平が従業員の事情聴取で、専務からA五ランクの牛肉のブロックを大事な人から預かっているので触らない様に言われていたとの証言を得ていた。

「大事な人って誰よ?」

「それは誰も無い架空の話だよ!　触らない様に言っただけだよ!」

「じゃあ何処で解凍したの?　時間は一日必要よ!」

「車の中で解凍してから、運んだのだろう?」

「乗用車で?　全裸の恵美さんを乗せて?」

「トランクだろう?　中古車を四月に買い換えている事も判ったよ!　だから間違い無いだろ

う？」

「排気ガスで亡くなった車は流石に気持ちが悪かったのね！」

「車を追ったが、既に海外に売り飛ばされていたよ！　恵美さんの指紋でも採取出来たら完璧だったがな！」

「大山さんの指紋は今の車で運んだのでしょう？　何か出たの？」

「それが髪の毛一本発見されていない！　課長は袋に入れて運んだのだろうと言っている」

「既にマスコミに発表してしまったから、仕方無いけれどもう少し慎重に調べる必要が有ったわ！」

「でも美優の評判は上昇したよ！　新春号でお詫びの記事が出て、大山さんがお金を強請った事実も掲載されると、週刊誌の記者の児嶋さんが連絡をしてきたよ！」

「そう！」

「それから今日和歌山の吉山良子さんに事情を話したら、電話口で泣いて詫びていたよ！　息子の子供を宿したまま殺されたと、最後は遺体を引き取って伸二と同じ墓に入れますと話してくれたよ！」

「そうなの？　良かったわね！　冷たい霊安室からようやく夫の元に帰れるのね！」

美優も涙を溢して悲しんでいた。

でも心の中では何かが違うと叫んでいるのも事実だった。

年末には新規感染者が急増して、ＧＯＴＯキャンペーンの弊害が囁かれて東京を中心に緊急事態宣言の再発令の機運が高まる。

事件解決で刑事達も束の間の正月気分で、自宅で自粛気分の正月を過ごしていた。

美優も一平と美加の三人でテレビを見て過ごしていた。

「イチを連れて散歩に行くか美加？」トイプードルを連れて二人が散歩に出かけると、美優は再び事件を思い出していた。

大山さんの遺棄をどの様な方法で行ったのか？　監視カメラの映像では何処にも高瀬専務の車は確認されていない。

勿論九月の梅ヶ島温泉近くでも同様だった。

美優は正月明けに一度監視カメラの映像を見せて貰える様に、一平に頼み込む事を考えていた。

高瀬専務も福田社長も梅ヶ島温泉には全く知識が無いと聞いている。

どの様に監視カメラに映らずに遺体を二度も運んだのだろう？

再び遺書のコピーを読むが、冷凍の事に比べて死体遺棄は簡単に書いて有る。

全裸で遺棄するだろうか？　女性の福田の進言で冷凍しても服を着せるとか、毛布で包むとかするだろう？

冷凍状態で車のトランクには入らないだろう？　硬直しているので服は着せる事が難しいとしても毛布で包む？　手足が凍り付いていたらトランクに入れる時、傷付くだろうが遺体の損傷は落とされた時の傷だけだ。

一日以上は解凍に時間が必要なら、乗用車に痕跡が残っている筈だが、大山さんと同様に何も残っていない。

トラック以外に輸送手段は考えられない！　ナチュラルフーズでトラックは見ていない。

一平が散歩から帰ると早速トラックの事を尋ねた。

「配達は基本的に運送屋だから、トラックは持ってないよ！　それがどうかしたか？」

「恵美さんの冷凍死体を解凍する場所を考えていたのよ！」

「もう事件は解決したのに、まだ考えているのか？」

「そうよ！　疑問点が有るから考えているのよ！　工場の中で解凍すると直ぐに発見されるから、別の場所で解凍したと考えられるのよ！　硬直した五十キロ以上の塊を溶かす場所と配送方法は大変だと思うのよ！」

「高瀬達はプロだぞ！　牛肉の塊だと思えば簡単だっただろう？」

「でもね！　別に殺す予定は無かったのだから、全裸で若い女性を放り投げると思う？　同じ女性として少し抵抗が有ると思うのよ！」

「それは福田社長の事か？」

　頷く美優は「恵美さんを過失で殺してしまったから、気の毒に思ったとしても憎しみは皆無だと思うわ！」

「遺書では病院を捜していて、ガレージの中で亡くなっていたのだから、絶対に憎しみは無い筈よ！」

「服を着せる時間が無かったのだろう、誰かに見られたら困るからな！」

「誰か別の人が運んだ可能性も有るわ！　荷物の様にね！」

「死体を運ぶ運送屋はいないだろう？」

美優は何かが違う様な気がしていたが、それが何か？　正月から考え込む。

四十三話

正月明けの五日、美優は一平と一緒に静岡県警を訪れた。

表向きは事件が解決したので、新年の挨拶に伺う事になっていた。

一応美優の推理通りに遺体が冷凍されていた事で、静内捜査一課長も敬意を持って美優を出迎えた。

「あけましておめでとう！　昨年末に一気に事件を解決出来たのも美優さんのお陰だ！」

静内捜査一課長は、大袈裟に美優を出迎えて、握手をする動作を見せて上機嫌だ。

「いつもお世話になっています！　本年も宜しくお願いします」深々とお辞儀をする美優。

「署長にも紹介するから、一緒に来て下さい！」

静内捜査一課長は美優を連れて所長室に向った。


大杉署長は応接セットに座って年賀状を見ていた様で、急に立ち上がって美優に「おや、正月から美人のお客様だ！　年末には大層世話になりましたな！」そう言って出迎えた。

「あけましておめでとうございます！」お辞儀をした美優の目に、一枚の年賀状が飛込んだ。

（門野商事、代表取締役　門野健太郎）の名前だった。

大杉署長は門野社長と知り合いなの？　そう思った時、急にかき集める様に年賀状を持ち上げて自分の机に移動させた。

「今、見えたのですが署長は門野商事をご存じなのですか？」

しまった！　といった顔をして「親父さんは良く知っているが、今の社長はそれ程良く知らないよ！」

「そうですか？　今年賀状が見えましたので、お尋ねしました」

「彼の親父は健三郎さんで、地元の名士だったからね！」

「お父様と親しい関係だったのですね！」

「若い時はよく世話になったよ！　今年は美優さんの世話にならない様に頑張らなければな！　静内課長！」

「は、はい！」

挨拶が終ると、予定通り美優は一平と一緒に佐山係長に連れられて、資料を見る為に部屋に入る。

伊藤刑事と白石刑事がさり気なく部屋を見張って他の人を入れない様にしていた。

「何度も見たけれど、怪しい車は映って無かったけれどな！」

写し出されたのは恵美さんが遺棄された映像だが、画像は暗く殆ど車を識別出来ない。

「これは遺棄された時間前後の映像ですよね！　もう少し前に温泉地に向う車は？」

「こちらの方に有る！」パソコンを操作して写し出す。

「配達のトラック位で、二十二日の夜だから怪しい車は映って無い様だ！」

モニターに映ったトラックに目が留まる美優。

「この冷凍車は？」

「配達業者のトラックだったよ！　冷凍車ではなくて保冷車って言うらしい！　凍らす冷凍機は付いていないので、冷凍食品を運ぶ時はドライアイスを入れるらしい」

「何処の車？　名前が見えないわ！」

「この車は既に調べて有るよ！　旅館に食材を運ぶ門野商事のトラックだよ！」

「もしかして、大山さんの殺された日にも同じ車が映っているの？」

「どうだったかな？」一平が言うと佐山係長が「車は異なるが同じ門野商事の車が映っていたな！」

「この車が何か問題か？　旅館に食材を運んでいたのも確認したぞ！」

「運転手も確認したの？」

「門野商事の若い男ともう一人は少し年配の運転手だった様だ！　梅乃屋にも配達している業者だぞ！」

「例の冷凍機を貸しているのもこの会社の社長だわ！」

「美優は何を考えている？」

「今、総ての謎が判ったわ！」閃いた様に自信を持って言った。

「えー高瀬専務と福田社長が犯人では無いのか？」

「二人も殺されたのよ！　真犯人に！」

「複数犯の仕業なのか？」

「いいえ、単独犯と協力者ひとりって事ね！」

「犯人は誰なのだ！」

「課長と署長を呼んで貰えますか？　総ての謎を話します！」

「えーーー」「何！」一平と佐山係長が唸った。

「署内の協力者も判明しました！」


「何事なのだ！」静内捜査一課長が驚くと、迷惑そうな表情になった。

「事件が解決したのに、今頃解説なのか？」

「いいえ！　署内の協力者が判明したそうです！」

「えっ、本当にこの署内に協力者がいたのか？　俺の部下か？　困ったぞ！」

佐山係長に矢継ぎ早に言うが、内心は穏やかでは無かった。

　十五分後小会議室に集められたのは、大杉署長、静内捜査一課長、佐山係長、そして一平のみだった。

「お忙しいのにお集まり頂きありがとうございます！　今署内の犯人協力者が判明いたしましたのでご報告させて頂きます！」

「美優さん！　急に犯人の協力者が見つかったのかね！」

「はい！　偶然見つかりました！　大杉署長さんは既にご存じですよね！」

「な、何を言い出すんだ！　私は何も知らない！」慌てる大杉署長。

「自宅に届いた年賀状を署内でチェックされていましたね！　それで判ったのですよ！」

「私は何も知らない！　年賀状を見て何が判ったのだ！」

「門野商事の年賀状の説明で判りました！　署長は丁寧に静岡の名士だと教えて下さいました！　それで判ったのですよ！」

「署長！　あの時、私が事件解決の報告にお伺いした時、顔色が変わったのは？」静内捜査一課長が思い出した様に言った。

「………」顔面が青白く成る大杉署長。

「でも署長さんは何もご存じ無かったのですよね！　今課長が報告に行かれるまで気が付かれていなかった！」

「そ、そうだ！　私は何も知らなかった！　静内課長から聞くまで全く知らなかった！　信じてくれ！」

「でもそれを公表しなかった！　自分も責任を問われるからですね！」

「……………」無言の大杉署長。

四十四話

「名士の孫の就職を世話したのでしょう？」

「署長！　もしかして庄司さんって、門野さんのお子さんですか？」

静内捜査一課長が驚いた顔で尋ねた。

「そ、そうだ！　私は何も知らなかったのだ！」苦しい言い訳をする大杉署長。

「その通りです！　署長は何もご存じ無かったのです！　それでは順だって説明をしましょう！」

美優は会議室のボードに書き始める。

図に書きながら口頭で説明を始めた美優。

①吉山伸二、恵美夫妻がヨーロッパへの新婚旅行をコロナの為に切り上げて帰国。
②ヨーロッパでは感染を免れたが、機内もしくは隔離ホテルで感染したと考えられる。
③潜伏期間が過ぎて二人は、伸二さんはアメリカで恵美さんは日本で発症した。
④三月二十九日の夜具合が悪くなった恵美さんは、知り合いの少ない静岡で二日働いたファーストフーズの専務を頼った。
⑤自宅マンションから近いのが不運だった！　親切心から高瀬専務はマンションに行って彼女を救急病院に連れて行こうと考えた。
⑥マンションで一緒に中国に行った橋本さんが管理人になっているのに会ってしまった。
⑦橋本さんは懐かしさで、日報に先生に会ったと書き記した。几帳面な橋本さんは病人発生と書いていたと考えられます。
⑧だがここで予期せぬ事が発生してしまった。熱の高くなった恵美さんが寒気を訴えたと考えられます。
⑨会社に連れ戻った高瀬さんは福田社長と一緒に救急病院を捜した。その時遺書にも書かれていたガレージに車を入れて、ヒーターを動かす為にエンジンを切らなかった。
⑩ようやく受け入れ先の病院を探し当てて、ガレージを開けると恵美さんが眠る様に一酸化炭素中毒死をしていた。

⑪この時、二人は警察に通報しようと考えたが、仕事が出来なくなると、多額の借金の返済ができなくなるので、借りている者へ断りの電話をしてしまったと考えられます。
⑫その人物は驚いて、急いでナチュラルフーズにやって来た。そして二人を説得して冷凍にして保管する事を提案したのです。
⑬それは最新型の急速凍結庫を貸し与えていた門野健太郎社長だったのです。
⑭彼はＲＢＳ社の今野さんに昔、イノシシの冷凍が出来る事を聞いて知っていたのです。
⑮趣味が狩猟で年に何度か狩猟で、イノシシを撃ちに行くそうです。
⑯実際イノシシを冷凍して、ナチュラルフーズの冷凍庫に保管していた様です。その為冷凍庫に袋に入れられた動物だと思って誰も触っていなかったのです。
⑰洋服を着ていたら、完璧に冷凍出来ない場合困るので全裸にして袋に入れたと考えられます。
⑱高瀬専務が二十九日に橋本さんに顔を見られたと、後日話したので門野社長は確かめにマンションに行ったのです。だが三月末で退職されていたので、大山さんに会ってしまったのです。
⑲その後橋本さんの消息を捜すと、自分の会社の取引先の百寿会老人ホームに入っている事を知って監視していました。

⑳だが入所後直ぐにコロナのクラスターが発生して、橋本さんは亡くなられてしまい心配の種が消えて安心していたのです。
「ここまでで何か質問は有りますか？」

「門野社長が狩猟の趣味が有ると言うのは何処で聞かれたのですか？」

「ナチュラルフーズの従業員が、何故死体に気が付かなかったのかを聞いた時に教えて頂きました」

「すると、静岡県の奥地の地理もかなり詳しいのだな！」静内捜査一課長が確認の様に言った。

「その通りです！　梅ヶ島温泉付近にも精通していると考えられます」

何も言わずに腕組みをして聞いている大杉署長は既に、事件の全貌を察していたのか進退伺いを考えていた。

「それでは続けます」

美優が再び話し始める。
①橋本さんの死亡で証人が消えて安心していたのは、高瀬専務も同じだったでしょう。
②吉山伸二さんがアメリカで亡くなっていた事も多分知っていたと思われます。
③九月の末になって、門野社長は恵美さんの遺体を始末する事を考えたのです。
④冷凍された遺体に服を着せるのは至難の業で、自分の会社の保冷車に乗せて一日解凍させて

から遺棄したと考えられます。
⑤それは先程の監視カメラの映像に残っていますので確認して下さい。
⑥その日は二台の車が梅ヶ島温泉近くを走っています。時間が少し違うが同じ車なので誰も怪しまなかったのです。
⑦一台は門野商事の正規の配送車で、もう一台は門野社長が乗った遺体配送車です。
⑧何故梅ヶ島温泉を選んだのか？　多分自社の配送車が配達に行くので誤魔化せると考えたのだと思います。
⑨この後、例の覚醒剤密売事件の金本由紀代さんが殺されたのと、結城さんが梅ヶ島温泉に宿泊した事が事件を混乱させてしまったのです。
⑩その後日報に気が付いたのは、多分庄司さんだったと思われます。庄司さんは門野社長の長女です。それは署長さんがよくご存じですね！

「その通りだ！　昔から警察の仕事に興味が有ったと、結婚後子供の手が離れていた時、パートの事務を募集した時、親父さんを通じて頼まれて一課に紹介したのだ！　まさかこの様な事件に巻き込まれるとは今でも信じられない」

「事件が発生してしまい、門野社長は捜査情報が欲しくて娘さんの庄司さんに事件を打ち明けたと考えられます」

「相当葛藤が有ったと考えられますが、ナチュラルフーズの二人が大変な事件を起こしてしまったと話したと考えられます。庄司さんは情報だけならと初めて、日報を抜き取った程度ならと協力したのですが、徐々にエスカレートして抜け出せなくなってしまい、大山さん殺しには片棒を担いでいたのだと思います」

「彼女も親父の犠牲者だな！　仕事も良く出来て署員の評判も良かったのに……」言葉に詰まる静内捜査一課長。

「コロナ感染で苦しむ恵美さんを助けようとした高瀬専務と福田社長だったのですが、会社の経営で助けて貰っている門野社長に連絡せずには……それは会社の倒産が起こるからでした」

美優も言葉に詰まる。

「親切心が不幸を招いたのか？」

「コロナ感染で死者を出した食品会社の行く末は、社会の害敵として葬られるし多額の損害賠償も要求されるだろうと考えれば、門野社長も不幸の一人ですね！」

　美優はしみじみと語った。

四十五話

「高度な冷凍設備を備えていたので、恵美さんをイノシシと同じだと考え出した事が間違いだったのです！」

そう言い切ると、再び事件の経緯を説明し始めた美優。

①橋本さんが三月末で退職されて、大山さんが管理人として出勤の時、門野社長は間違えて先生の事を尋ねてしまったのです。

②でもその時には大山さんは全く気にしていませんでした。私が先生の事を大山さんに尋ねたので思い出したのです。

③大山さんが直ぐに私か警察に連絡すれば良かったのに、欲が出てしまいました。門野商事は名前が知れ渡っていたので、門野社長に強請りを試みたのです。

④この時、警察に電話をさせていますが、何が目的なのかは庄司さんに聞いて見なければ判りませんが時間を合わせて何かを試みたのでしょう！

⑤お金の受け渡しに使ったのでは？　と考えています。警察を使って信用させて睡眠薬を飲ませたのでしょう！

「警察を利用したのか？」突然怒り出す静内捜査一課長。

「嘘なら直ぐに警察に言えば良いでしょう？　そう言ってこの近くで睡眠薬を飲まされたと思います！　警察に知り合いがいるとは思いませんから信用したのでしょう」
⑥勿論お金は貰えずに絞殺されています。
⑦捜査を混乱させる為に同じ梅ヶ島温泉の奥に遺棄したのだと思います。恵美さんと同じ方法で配達の車と二台が時間差で走っています。
⑧最後にRBS社から連絡を貰ったのと、庄司さんから警察が急速凍結庫の事を調べている情報が入ったので二人に罪を被せる為に年末自宅に呼んだと考えられます。
⑨何も知らない高瀬専務と福田社長に睡眠薬入りのコーヒーを飲ませて、車の後部座席に載せて深夜のガレージに入れて殺害したのです。
⑩ワープロで書いた遺書を一緒に置いて、恵美さんの時と同じ様に排気ガスによる中毒死を演出したのです。
「以上が事件の経緯です！　県警に自分の娘がいた事が事件を複雑に出来た原因ですね！　娘の庄司さんも徐々に事件に巻き込まれてしまった訳です！　最初は少しの手伝いだったが、引きずり込まれたのでしょう？」

「直ぐに庄司を捕らえて取り調べを始めよう！」

「課長！　既に伊藤刑事達が取り調べを始めています！」佐山刑事が言った。

「門野！　門野は？」静内捜査一課長が焦って言う。

「既に署に任意同行させています！　今堀田刑事からもう直ぐここに着くと連絡がメールで届きました！」

「申し訳ありませんでした！」それだけ言うと無言になり何も喋らない庄司。

「庄司さんは何処まで知っていたのですか？」

「……父にお聞き下さい！　私は父に言われた事を……」

伊藤刑事の取り調べにそれだけしか喋らない。庄司の取り調べ室に、一平が入って来て「お父さんももう直ぐここに来ますよ！」

「流石ですね！　奥さんが県警に来られたので、もう終りだと思いました！　父にもその様に常々話していましたから、県警と美優さんが一緒に協力しない様に祈っていたのですが……」

「しかし、庄司さんの様に優秀な方が何故お父さんを止められなかったのですか？」

「私が聞いた時は既に坂道を転がっていたのです！」

「いつ聞かれたのですか？」

「日報を抜き取って欲しいと頼まれました！　その時はまだ殺人事件ではなくて、コロナ感染がナチュラルフーズで発生したので、世間に知れ渡ると村八分の様になって商売が出来なくなると言われて抜き取りました」

「日報はお持ちですか？」

「燃やしました！　抜き取った事実を消したかったのです！」

「何が書いて有りましたか？」

「マンションで病人が発生、熱が有る様子で先生が来られて病院に連れて行かれました。昔から親切な方だ！　と書いて有りました」

「病人の名前も先生の名前も無かったのですね！」

一平は日報に橋本さんは敢えて名前を書かなかったと説明した。

もしもコロナ感染なら、その後騒動になって困るのではと思ったのだろう？


しばらくして門野健太郎が署に到着して、娘さんが自供をした事を告げられると「私が総て行いました！　娘は少し手伝ってくれただけです！」そう言って頭を垂れた。

美優が説明した通りの自供を始めて、捜査一課の佐山係長を始めとして面々は唸った。

余りにも美優の推理通りに話したからだ。

自分が援助しているナチュラルフーズが千載一遇の売上げを上げている最中、従業員がコロナ感染。

それだけではなく不注意とはいえ、亡くなってしまった事実は衝撃的で、発覚すればナチュラルフーズも門野商事も共倒れになってしまうと思い、咄嗟の思いつきでイノシシの冷凍を思い出して恵美さんを冷凍にしたと話した。

最後に県警と美優さんが共同捜査になった時点で、諦めていましたと薄ら笑いで締めくくった。


だがその日の夜、門野健太郎は警察の中で睡眠薬自殺を図って自らの命を絶った。

睡眠薬を隠し持っていた様で、身体検査では判らなかったが靴の底に隠し持っていた。

初めから覚悟していた様だ。

取り調べで「娘の庄司亜沙子は何もしていません！」それが最後の言葉だった。

その後の庄司の証言は、自分が既に後戻り出来ない状況になっていた。

「大山さんに強請られた時、お金で解決しようと考えたが金額を聞いて父は決断した様です」

「幾ら要求されたのですか？」

「一億です！　静岡の名士の子供で会社を経営しているのなら、それ位は出せるでしょう？と言われた様です！　それで父は警察に知り合いがいると言って、私に時間を合わせて連絡させたのです。大山さんは驚いて父に金額を減らす話をしてきたのです！　でも今後を考えて父は殺意を持ってしまった様です」庄司亜沙子は淡々と話した。

父の死も覚悟をしていた様で、慌てる様子は全く無かった。


その話を聞いて美優は「恐ろしいわね！　人間の欲は、知らなければそれで終りだけれど、秘密を知ってしまうと暴走するのね！」

その後大山さんが何故お金を欲しがったのか？　それが判明した。

娘の嫁ぎ先の飲食店チェーンがコロナで困窮している事実を知った。

「今回の事件は総てコロナが引き金になったのね！　大山さんも娘さんの事が無ければこの様な事はしなかったでしょうね！」

「コロナの影響で人生が変わってしまった人が沢山いらっしゃるわ！　一平ちゃんが公務員で良かったわ！」美優は嫌味の様に言った。

数日後大杉署長は道義的責任を感じて、退職を申し入れて了承された。

完

二〇二一，〇一，一六

コロナ感染殺人事件

今日現在、日本ではコロナ感染により多くの都道府県で緊急事態宣言が発令されています。

一日も早い終息を願っています。

杉山　実（すぎやま みのる）

兵庫県在住。

この物語はフィクションであり、実在の人物・団体とは一切関係ありません。

コロナ感染殺人事件

2021年 6 月22日　発行

著　者　杉山　実
発行所　学術研究出版
〒670-0933　兵庫県姫路市平野町62
［販売］Tel.079(280)2727　Fax.079(244)1482
［制作］Tel.079(222)5372
https://arpub.jp
印刷所　小野高速印刷株式会社

ISBN978-4-910415-64-2